Françoise Sagan

# Und mitten ins Herz

Françoise Sagan

# UND MITTEN INS HERZ

Aus dem Französischen
von Kirsten Ruhland-Stephan

Ullstein

ISBN 3-550-06745-3
Die französische Originalausgabe erschien bei
Plon/Julliard, Paris, unter dem Titel: Un chagrin de passage

Aus dem Französischen von Kirsten Ruhland-Stephan

Satz: LVD GmbH, Berlin
Druck und Verarbeitung:
Mohndruck Graphische Betriebe GmbH, Gütersloh
Printed in Germany

Gedruckt auf alterungsbeständigem Papier
mit chlorfrei gebleichtem Zellstoff

Die Deutsche Bibliothek – CIP-Einheitsaufnahme

*Sagan, Françoise :*
Und mitten ins Herz / Françoise Sagan. Aus dem Franz. von
Kirsten Ruhland-Stephan. – Berlin ; Frankfurt am Main :
Ullstein, 1995
Einheitssacht. : Un chagrin de passage <dt.>
ISBN 3-550-06745-3

Für Felix und Ingrid Mechoulam.

# Kapitel 1

»Und haben Sie lange geraucht?«

»Ich ›rauche‹ seit jeher«, erwiderte Matthieu, dem es widerstrebte, mit einem erbärmlichen Tempuswechsel eine so langgepflegte und liebgewonnene Gewohnheit wie das Rauchen zu verleugnen – sollte sie ihm auch zum Verhängnis werden. Daß ihm dieser kleine unsympathische Doktor seinen Tod ankündigte, war schon unangenehm genug. Da mußte er ihn nicht auch noch in der Vergangenheitsform anreden.

Abgesehen von seiner Bestürzung, hatte Matthieu zunächst seine Gereiztheit unter Kontrolle bringen müssen. Er reagierte immer gereizt, wenn er reitenden Boten mit schlechten Nachrichten begegnete. Doch nach und nach kam ihm sein baldiger Tod durchaus plausibel vor ... Irgend etwas in der faden Atmosphäre, in der Anonymität dieser Arztpraxis, in den gedämpften Straßengeräuschen, irgend etwas an dieser Szene wirkte so vertraut und abgedroschen und verriet – vielleicht mehr noch als jenes eben ausgesprochene Wort »Krebs« – die Katastrophe.

»Selbstverständlich sollte das ein Spezialist überprüfen«, sagte das Doktorchen. Es handelte sich um den Nachfolger seines guten, alten Doktors Jouffroy, und er sah – bei anderer Gelegenheit hätte Matthieu das sicherlich amüsiert – einem Hamster verblüffend ähnlich. Dieses Doktorchen, dem er sich unvorsichtigerweise zur jährlichen Generaluntersuchung anvertraut hatte …

»Natürlich«, fing er wieder an, »muß eine solche Nachricht bestätigt werden. Aber in Ihrem Fall, nun ja …!«

Er fächelte gewichtig mit den Röntgenaufnahmen von Matthieus Lunge. Es waren ins Bild gebannte Cruise Missiles oder Tarotkarten des Todes – und das Doktorchen wog sie respektvoll in der Hand. »Unser« Karzinom, wie er sich ausdrückte, war unzweifelhaft vorhanden, kräftig und wirkungsvoll, und das nötigte ihm offenbar Hochachtung ab.

Nein … also wirklich. Diese düstere Bewunderung konnte sein Patient unmöglich teilen. Das mußte er doch verstehen! Warum nur brachte ausgerechnet eine solch degenerierte Type Matthieu die bedeutendste Nachricht seines Lebens bei? Immerhin werde ich sterben! In sechs Monaten bin ich tot, nicht mehr da, sagte er beharrlich zu sich selbst. Er wunderte sich, daß er nichts empfand, und begann seinen Satz erneut, im stillen. Er redete mit sich selbst, in einer Mischung aus Ungläubigkeit und Angst. Es war ihm, als betaste er die schmerzfreie Umgebung einer offenen Wunde. In sechs Monaten, aus und vorbei! Ich werde nichts mehr spüren! Ich werde gar nicht mehr da sein, ich, Matthieu! ...

Und plötzlich traf ihn sein bevorstehender Tod wie ein Schlag. Eine ganz klare und deutliche Erinnerung drängte sich ihm auf, und er sank auf seinem Stuhl zusammen. Es war an einem Nachmittag vor zwei oder drei Jahren auf dem Rennplatz von Evry. Er war so in sein Programm vertieft, daß die Pferde an ihm vorüberschritten, ohne daß er sie beachtete. Da zerfetzte urplötzlich etwas Grauenerregendes jenes Programmheft und streifte seine Stirn, so daß er eben noch den Kopf zurückwerfen konnte. Ein Pferd hatte ausgeschlagen und ihn nur um Haaresbreite verfehlt. Er hatte dieses tödliche Etwas aus Eisen, Horn und Haaren vor seinen Augen hochschnellen und wieder niederstampfen sehen. Zu seiner großen Beschämung hatte Matthieu eine gute Minute gebraucht, um sich wieder zu fangen, um nicht mehr zu zittern. Und »das« war es nun, was diese Diagnose sofort bei ihm auslöste: Er wollte gern ausweichen und den Kopf zurückwerfen, wie um dem tödlichen Pferdehuf zu entgehen. Doch diesmal würde es ihm nicht gelingen. Er würde es einfach nicht schaffen.

Er war wohl blaß geworden, denn der Hamster – er ähnelte wirklich einem Hamster –, der Hamster also, beugte sich mit einer Art sadistischer Befriedigung im Blick zu ihm vor. Doch Matthieus Herz begann schon wieder zu schlagen, er bekam wieder Luft. Das Grauen ebbte ab, aber für einen Moment hatte ihn Entsetzen durchpulst und ein unerträglicher Gedanke gepeinigt. Er war verblüfft. Endlich vermochte er sich all diese Lügen, diese Ausflüchte gegenüber der Wahrheit zu erklären, die er in seiner Umgebung hatte feststellen können. Die Leute, die zuversichtlich starben. Die Todgeweihten, die voller Pläne steckten ... Ganz einfach: Der »Gedanke« war unerträglich. Und morgen, übermorgen, jedenfalls sehr bald, das wußte er, würde er gewiß Mittel und Wege finden, um sich seinem angekündigten Tod zu entziehen und ihn abzuleugnen.

»Fühlen Sie sich nicht wohl? Oder bin ich Ihnen zu direkt? Nun, ich gehöre der Schule von Medizinern an, die ihren Patienten – na ja, den erwachsenen jedenfalls – die Wahrheit zu sagen pflegt.«

Jetzt mußte ihn dieser Arzt auch noch für erwachsen erklären! Betrachtete ihn als Erwachsenen, ihn, Matthieu ... dessen einziges Bedürfnis im Augenblick war, wieder elf Jahre alt zu sein, zu seinen Eltern zu stürzen, die nur leider schon lange tot waren, und sie um Hilfe zu bitten. Sie, sie ganz allein hätten mit ihm lachen, ihn beruhigen und ihm sagen können, wie unsinnig und verrückt dieses Todesurteil war. Sie ganz allein hätten ihm wieder zu seinem seelischen Gleichgewicht verhelfen können und ihn beruhigt in sein Zimmer schlafen geschickt, in das Zimmer der ewigen Jugend. Später sollte Matthieu sich Vorwürfe machen. Er hatte mehr an seine verstorbenen Eltern gedacht als an seine Frauen, die immerhin quicklebendig waren. Aber verwundern würde ihn diese Reaktion nicht. Schon immer war er sich bewußt gewesen, wie fest die Bindungen seiner Kindheit waren. Für sie galten andere Maßstäbe als für die des Mannes, zu dem er offenbar geworden war.

Er hatte es doch gewußt. Nur seine Eltern hätten es skandalös gefunden, daß ihr Sohn mit nicht einmal vierzig Jahren an Krebs sterben sollte. Ansonsten würde das alle Welt als normal oder zumindest als fast normal betrachten. Seine Bekannten oder Freunde würden es traurig finden, sehr traurig sogar, schade, bedauerlich oder sinnlos. Doch niemand würde die Nachricht seines Todes so empfinden wie er selbst. Nur seine Eltern hätten das gleiche gedacht: Es war unvorstellbar.

»Meine Kollegen werden über den Zeitpunkt verschiedener Meinung sein. Ich habe Ihnen gesagt: sechs Monate. Ich hätte Ihnen auch sagen können: drei Monate, einen, neun oder zwölf …«

»Das spielt keine allzu große Rolle«, meinte Matthieu mechanisch.

Sofort unterbrach ihn sein Gegenüber: »Sagen Sie das nicht! Heute mag Ihnen das bedeutungslos erscheinen, denn Ihr letztes Stündlein hat noch nicht geschlagen. Aber, glauben Sie mir, in genau sechs Monaten werden Sie bei mir jeden fehlenden Tag einklagen! Genauso wie Sie es mir übelnehmen werden, wenn Ihnen auch nur ein einziger Tag von diesen sechs Monaten abgeht! Sie werden sehen, Sie werden schon sehen …«

Und Matthieu sah vor seinem inneren Auge in der Tat eine ganze Reihe rechtschaffener Leute, die sich bemüht hatten, bei diesem Dummkopf hier tapfer zu sein. Später, sechs Monate später, hatten sie dann den Himmel angefleht, daß ihnen, wie versprochen, drei Tage, drei gewiß qualvolle Tage, mehr gewährt werden sollten. Es lag etwas Triumphierendes, ja etwas wie Verachtung im Ton des Arztes, und das ließ Matthieu von seinem Stuhl aufspringen: Er fand diesen Kerl widerlich. Doch dann setzte er sich wieder: Dieser Mann war der einzige, der die Wahrheit kannte, der einzige, der ihm nicht plötzlich fremd geworden war, der einzige Mensch, der Matthieu als den kannte, der er im Augenblick war: ein Überlebender, ein Mensch mit Galgenfrist. Ein anderer Mensch, würde er sich später sagen. Wem sollte er die Wahrheit sagen? Wem sie verheimlichen? Er wußte es nicht. Er wußte nur, daß er diesem verhaßten Kerl gegenüber kalt und distanziert auftreten wollte. Es war schlichte Zurückhaltung, ein spießiger, dummer Reflex, den er sich gern verkniffen hätte … der ihn aber dazu zwang, mutig zu sein – oder so zu tun als ob.

Der Dummkopf hatte zunächst erleichtert gewirkt, als Matthieu sich erhob, dann enttäuscht, als er sich wieder setzte. Und so beschloß Matthieu, ihm so lange wie möglich lästig zu fallen, ja ihn sogar zum Plaudern zu zwingen.

»Wollen Sie verreisen?«

»Wie bitte? Nein, ich glaube nicht …«

Matthieu schüttelte innerlich den Kopf: reisen, was für ein Gedanke! Noch heute morgen hatte es diese Orte gegeben, die er besuchen wollte, all die Landschaften und Städte, von denen er geträumt hatte. Sie existierten zwar immer noch: Der Orient, Asien, die Meeresstrände und die Gebirge – noch vor kurzem hatten sie seine Phantasie bevölkert. Jetzt waren das nur noch Orte, zu denen er nicht zurückkehren würde. Er wußte es: Sie waren bereits jetzt zu Orten herabgesunken, denen er nachtrauerte.

Keine Meere mehr, in denen er baden würde, sondern Meere, in denen er nicht mehr baden, die er nicht mehr wiedersehen, die er nicht mehr hören würde. Von allem, was noch zu entdecken gewesen wäre, hieß es Abschied nehmen. Alle Pläne, alles Reizvolle zählten nun nicht mehr zu den Entdeckungen, sondern zu den Entsagungen. Sie waren zu Geschenken geworden, die man eines Tages zurückgeben muß … Zu früh! Nichts mehr von dieser Erde, die doch mit soviel Selbstverständlichkeit, Schwung und Freude die seine gewesen war, gehörte Matthieu. Es gab so viele Leute, die das Leben nicht schätzten, die nicht an diesem Stern hingen! Warum mußte gerade er es sein, dem nun beides genommen wurde, er, der so daran hing? Er war noch keine vierzig Jahre alt! Nicht einmal vierzig Jahre sollten ihm gegeben sein, um alles auszuschöpfen … Zu ungerecht war das (sah man von all den Kindern, Frauen, Katastrophen und Greueln ab, unter deren Last diese gute, alte Erde tagtäglich fast zusammenbrach).

»Ich gebe Ihnen einen Brief für Professor Lingres mit«, sagte der Hamster wie aus weiter Ferne. »Sie können ihn oder einen anderen Spezialisten konsultieren. Aber ich rate Ihnen zu Lingres. Meine Sprechstundenhilfe wird Ihnen diesen Brief sofort tippen. Äh … Ach nein!« verbesserte er sich hastig. »Sie ist ja heute gar nicht da. Aber dann schicke ich ihn eben gleich morgen an Sie.«

Besagte Sprechstundenhilfe, jene liebenswürdige Person, die der eigentliche Anlaß für Matthieus neuerdings auffallend häufige Besuche war, war in der Tat heute nicht da. Das war Matthieu schon bei seiner Ankunft aufgefallen. Seit kurzem hatte er einen ziemlich heftigen Flirt mit diesem unbefangenen, hübschen Pflänzchen, das mit seinen Reizen nicht geizte und dem der Hamster sicher einen Teil seiner Patienten, ihn auf alle Fälle, zu verdanken hatte. Für nächsten Dienstag waren sie am Spätnachmittag verabredet, und dieser »Tee«, den sie miteinander trinken wollten, schloß jegliches Mißverständnis aus.

Die verlegene Miene des Arztes machte Matthieu alles klar. Wenn sie keinen Wert mehr auf ihn legte, hieß das, daß er krank war. Er hatte zwar nichts Ansteckendes, aber das änderte nichts an der Sache als solcher. So einfach war das eben nicht. Selbst die Lust um ihrer selbst willen bedurfte einer Zukunft, um bestehen zu können. Ein Mann ohne Zukunft, ein dem Tod Geweihter, war nicht mehr begehrenswert. Und so dumm es auch war, Matthieu hätte in einem vergleichbaren Fall bei einer Frau genauso reagiert. Seine Begierde hätte sich in Mitleid verwandelt. Mit anderen Worten: Sie hätte sich in Nichts aufgelöst. Vor den Frauen, die er vielleicht noch begehren würde und die er noch verführen wollte, mußte er seinen Zustand so lange wie möglich verbergen. Er würde es nicht ertragen können – dieses Aufblitzen von Mitleid in den Augen der

Frauen –, ebensowenig wie die Fragen, die er anstelle der gewohnten schlichten Antworten »ja« oder »nein« darin lesen würde.

Aber sechs Monate? Was bedeuteten sechs Monate? Einen Augenblick oder eine Ewigkeit? Der Gedanke, daß sein Blut nicht mehr pulsieren würde, daß dieser treue, widerstandsfähige Körper voll Lebenslust und Kraft in die Knie gehen, ihn im Stich lassen und ihm ohne jegliche Vorwarnung, ohne ein Zeichen des Verrats zum Feind – oder vielmehr zur Brutstätte seines Feindes – werden sollte, dieser Gedanke schien ihm noch deprimierender als alles andere. Er warf einen raschen Blick auf seine Hand. Wahrscheinlich fand diese blühende und propere Arzthelferin sie längst mitleiderregend und abstoßend.

Ein Anflug von Übelkeit überkam ihn. Er war von der Banalität des Ganzen überwältigt. Er wußte, daß er eines Tages sterben würde! Er wußte auch, daß in Frankreich jährlich soundsoviel Prozent der Bevölkerung in seinem Alter an Krebs starben! Tja, und nun wußte er eben, daß er auch zu diesem Prozentsatz gehörte. Das war alles! Daran war nichts Ausgefallenes, nichts Überraschendes und auch nichts Bemerkenswertes. Es war ganz banal. Ihm, Matthieu, wäre es zehnmal lieber gewesen, im Auto zu sterben. Er hätte es bevorzugt, zu dem ebenso hohen oder gar höheren Prozentsatz der Unfalltoten zu gehören. Er,

Matthieu, hatte der Nachricht nichts entgegenzusetzen; außer daß diese ihm unerträglich war. Nur ihn selbst würde sein Tod schockieren, dachte er erneut. Er würde diejenigen, die ihn liebten, zwar überraschen, ja sie bekümmern, doch niemand würde sich so sehr schockiert fühlen wie er selbst. Verhöhnt, lächerlich gemacht und entwürdigt. Jawohl, entwürdigt.

In diesem Augenblick wünschte er sich nur das eine, nämlich daß ihm nicht noch einmal ein Pferdehuf vor seiner Nase das Rennprogramm durch die Luft wirbelte und ihm das Leben, die Zukunft, die wenigen verbleibenden Wochen grausam verdarb. Oder kurz gesagt: Er konnte darauf verzichten, daß dieser scheußliche Augenblick von vorhin sich wiederholte. Im Grunde bin ich ja durchaus bereit zu sterben, aber ich will nicht dauernd daran denken, sagte er sich. Genau wie all diese dem Tod geweihten Leute, denen ich bisher begegnet bin und deren Blindheit mich so sehr verblüfft und manchmal enttäuscht hat. Bislang hatte er von sich immer geglaubt, er könne menschliche Feigheit tolerieren – oder ihr zumindest nachsichtig gegenübertreten. Oft war er über die Art seiner Freunde zu kämpfen und zu sterben enttäuscht gewesen. Doch in acht Tagen würde auch er an etwas anderes als die Wahrheit glauben – diese Wahrheit war schlicht nicht auszuhalten. Er würde sich die

Tuberkulose oder weiß Gott was aussuchen. Alle machten das so, um den Gedanken an den eigenen Tod ertragen zu können. Und er würde es wie alle anderen machen.

❧

Der Hamster hatte die Tür hinter ihm geschlossen, und Matthieu hatte von der hübschen Arzthelferin lediglich ihr rotes Seidentuch gesehen, das sie an der Rezeption vergessen hatte. Unbeweglich stand er im dunklen Treppenflur, die Hand am Geländer. Dann sprang er in seinem gewohnten Rhythmus die Stufen hinunter, im kurzen Jagdgalopp, den er aus seiner Schulzeit beibehalten hatte. Der typische Gang des Gymnasiasten: Eins, zwei, drei … eins, zwei, drei … eins, zwei, drei … und vier lange Schritte auf dem Treppenabsatz, eins, zwei, drei … Laut und polternd.

Die Treppe war mit jenem in gutbürgerlichen Häusern üblichen Teppichboden mit grau-rot-schwarzem Rankenmuster ausgelegt. Vorhin war er die Treppe über eben diesen Teppichboden hinaufgestiegen. Jetzt lief er wieder hinab, als wäre er noch genau derselbe. Nur daß er, unter seinen Arm geklemmt, die Röntgenaufnahmen trug, die seinen Tod ankündigten oder ihn vielmehr auf den Tag genau vorausdatierten. Unwillkürlich verfiel er in die gehetzte Gangart eines Halbstarken, dem die Verfolger im Nacken sitzen. Er mußte es schließlich noch ausnutzen: In drei Monaten würde er ein »schonungsbedürftiger Fall« sein und wie die Kranken oder Alten den Dienstbotenaufzug benutzen.

Im Zwischengeschoß hielt er an und setzte sich auf eine Stufe. Er ließ seine Hand schlaff herunterhängen und betrachtete sie: die pochenden Adern, die Muskeln und die hervortretenden Sehnen … Mattes Licht trat durch das große Glasfenster im Treppenhaus. Das war typisch für diese um 1930 erbauten Häuser: Die natürliche Beleuchtung fiel fast ebenso düster aus wie das künstliche Treppenhauslicht. Matthieu drehte seine Hand um und warf einen mißtrauischen Blick auf die Lebenslinie. Sie war länger, als vom Hamster vorgesehen: Sie log.

Er holte eine Zigarette aus der Tasche, steckte sie in den Mund, zögerte einen Augenblick, bevor er sie anzündete, und tat dann einen tiefen, entschlossenen Zug. Nicht, daß es ihn etwa gereizt hätte, dem Schicksal zu trotzen oder die Quacksalber herauszufordern, nein, irgend etwas schnürte ihm die Kehle zu, drang ihm in Augen und Nase und verzog ihm den Mund. Acht Jahre war es wohl her, daß er nicht mehr geweint hatte: Das letzte Mal war er beim Tod seiner Mutter ergriffen gewesen. Und er schämte sich ein bißchen bei dem Gedanken, daß nach acht tränenlosen Jahren er selbst der Grund war, weswegen er den Tränen endlich wieder freien Lauf ließ.

## Kapitel 2

Es war Ende September und mildes Wetter in Paris, der Altweibersommer regierte mit einem leicht auffrischenden, aber noch lauen Wind. Ein Wind, der die Wolken vor sich hertrieb und eine enge, dunkle Straße mal in zwei sonnige, mal in zwei schattige Bürgersteige verwandelte, und zwar mit einer verwirrenden Geschwindigkeit, so daß die Stadt Paris gewissermaßen einem Zebra glich.

Matthieu stand in der Toreinfahrt und betrachtete die Stadt, seine Stadt, wie sie so den Launen des Herbstes ausgesetzt war, und zum ersten Mal fühlte er sich belästigt von ihrem Charme. Sein Wagen stand nicht weit weg. Trotzdem lief er hastig hin, mit gesenkten Augen, als hätten die Passanten über dem sportlichen Sakko und unter der in seine Stirn fallenden Haarsträhne das Gesicht eines Todgeweihten entdecken können. Das anstößige, peinliche und klägliche Gesicht eines Halbtoten. Er mußte unbedingt dieses Gefühl der Schmach, dieses für ihn so neue Schuldgefühl loswerden, das ihn fast erstickte und dessentwegen er jetzt gut zehn Sekunden lang vergeblich nach der Zündung suchte. Er startete, trat hart aufs Gaspedal, und sein Wagen, an derlei Behandlung nicht gewöhnt, heulte auf, machte einen Satz; und schon hatte er den Motor abgewürgt.

Matthieu schloß die Augen und legte den Kopf zurück. Zuerst mußte diese Übelkeit verschwinden. Dieses Gefühl von innerer Leere und Schwäche, die Vorstellung, daß seine Knochen brüchig waren und unter seinem Gewicht nachgeben würden, dieses plötzliche Durcheinander in Körper und Geist (die durch Panik und Wehmut in den gleichen erlahmenden Rhythmus gerieten), das alles war unerträglich. Wie er seinem schönen Paris bereits jetzt nachtrauerte! ... nicht ohne einen konfusen Groll, als hätte man es ihm weggenommen ... Aber wer? Matthieu glaubte schon lange nicht mehr an Gott und bedauerte dies im Grunde nur dann, wenn er, wie heute, in Schwierigkeiten war. Nein, es war kein Gott, weder ein katholischer noch ein griechischer, auch nicht das Schicksal oder irgend jemand Allmächtiges, der oder das ihm alles nahm.

Matthieu hatte nie eine andere Gewißheit besessen als diesen natürlichen Einklang zwischen sich selbst und seiner Existenz. Und er hatte immer die anderen damit angesteckt, mit seiner Fröhlichkeit, seinen Zornausbrüchen und seiner gewinnenden Art. Ja, er hatte über mehr Waffen, mehr Trümpfe als die anderen verfügt: über all das, was ihm heute mit einem Mal aus der Hand geschlagen wurde und ihn gegenüber seinesgleichen allein, nackt und krank zurückließ. Doch diejenigen, die ihm so viele Jahre lang gefolgt waren, ob es nun Freunde, Geliebte oder flüchtige Bekannte gewesen waren, diejenigen, die sich, übrigens dafür dankbar, in das Kielwasser seiner vitalen Art und seines unbestrittenen Tempos hatten ziehen lassen, eben jene würden sich, das war ihm jetzt schon klar, von ihm abwenden, als hätte er sie hintergangen, sobald sie von seiner Krankheit wüßten.

Sie würden ihn bedauern, gewiß, aber dann im Stich lassen. Und wie sollte er nun alles ändern? Konnte er sein Leben anders angehen? Bislang war es für ihn ein immer neu zu entdeckendes Geschenk gewesen. Sicher, das Gefühl, das Erleben des Lebens, SEINES Lebens, war ihm nie lange Zeit abhanden gekommen, doch er hatte nie gewußt, nie wissen können, was Begriffe wie »leben« und »Erwartung vom Leben« in ihrer vergänglichen Pracht überhaupt bedeuteten. Noch keiner hatte es rechtzeitig gewußt, und keiner würde es je wissen können.

❧

Er fuhr die Ufer der Seine entlang, durch Porte d'Asnières und Porte de Gennevilliers bis zum Hafen von Paris. Dort lagen ein paar schmuddelige Frachtkähne, halbgesunkene Boote, Schuppen – auf diesen im allgemeinen verlassenen Inseln herrschte ein ziemliches Durcheinander. Dieser Teil der Seine erinnerte an das dümpelnde Brackwasser von New Orleans. Er sah ein paar Männer fischen, wenn auch ohne übermäßige Hoffnung auf einen Fang, und andere, die, auf kärglichen Grünflächen ausgestreckt, in der Septembersonne ihre Zeitung lasen. Er ertappte sich aber keineswegs dabei, daß er sie beneidete: Denn schließlich würden sie im nächsten Herbst immer noch da sein und diesen neuen Herbst mit seinen wieder einmal rotgefärbten Blättern erleben und er nicht. Aber dieser Gedanke ging nach wie vor über sein Vorstellungsvermögen.

Sein Wagen hingegen lief gut. Er hatte einen starken Motor, der nur so schnurrte; und der Verkäufer hatte ihm lachend versichert, daß dieser ihn locker überleben würde – plötzlich fiel ihm das wieder ein. Amüsiert und ungläubig bei diesem Gedanken – unsereiner macht eben unbekümmert Witze über solche Dinge –, hatten sie beide darüber gelacht.

Es war zwölf Uhr vorbei, und Robert war sicher schon fort, wenn er weiter so bummelte. Robert Gaubert würde ihm sagen, was zu tun war.

Das war ein Mann, ein Freund. Jemand, der ihm helfen würde, auf die eine oder andere Weise. Im Gegensatz zu Hélène, die Robert für egoistisch hielt, und zu Sonia, die ihn vulgär fand, hatte Matthieu Gaubert lange Zeit zu seinem einzigen und besten Freund erklärt. Es lag nicht in Matthieus Art, seine Männerfreundschaften in den Himmel zu heben, aber hier, in diesem Fall, wollte er dringend auf die Kraft und den Beistand eines gewissen Robert Gaubert setzen.

Gauberts Büroräume lagen zur Seine hin, unmittelbar neben dem Pariser Hafen. Matthieu und Robert sahen sich praktisch nie, wenn sie arbeiteten, und Matthieus Erscheinen schien Robert eher zu stören als zu erfreuen.

»Er telefoniert seit heute morgen ununterbrochen mit Hamburg und London«, hatte ihm die Sekretärin zugeflüstert. Ihr Tonfall war eine Mischung aus Selbstgefälligkeit und Besorgnis, als sei sie für die Wundertaten der Post, aber auch für deren Tarife verantwortlich.

Als er eintrat, bedeutete ihm Robert von der anderen Seite seines Schreibtisches aus, er solle sich setzen. Er ähnelte Matthieu, hatte seine Gestalt und seinen Gang, aber nie hatte ihn eine Rugbymannschaft in ihre Reihen geholt, und auch den Frauen gefiel er nicht so gut. Matthieu machte zwar schmeichelhafte Scherze über Roberts Erfolge beim anderen Geschlecht, aber das brachte ihn nicht sonderlich zum Lachen. Hélène glaubte, daß sich hinter seinem freundschaftlichen Gehabe Neid und Mißgunst verbargen, aber Hélène kannte die Freunde ihres Mannes schlecht, und Gaubert war einer der wenigen, die ihm geblieben waren.

Matthieu setzte sich Robert gegenüber, und wie bei jedem seiner sporadischen Besuche fiel ihm auf, wie betont modern dieses Büro eingerichtet war. Diese bemühte Ästhetik, das war genau das, was ihm heute noch gefehlt hatte!

»Du hier!«

Gaubert lächelte.

»Was ist passiert? Brauchst du ein Alibi?«

»Nein«, sagte Matthieu. »Ich habe ein verfluchtes Problem am Hals.«

»Bist du verliebt? Oh, entschuldige ...!«

Das Telefon klingelte, und Gaubert hob ab, legte kurz die Hand über den Hörer: »London!« sagte er und erging sich dann in ziemlich flüssigem Englisch. Er machte Fortschritte, dieser Gaubert; in allem machte er Fortschritte. Sicher, er hatte Englisch über die Assimil-Methode und mit Hilfe von Kassetten gelernt – worüber sich Hélène immer vor Lachen ausschüttete –, aber jetzt sprach er fließend, während Matthieu immer nur radebrechte. Aber was sollte es? Er hatte schon recht gehabt, seine Abende nicht mit diesen Kassetten und dieser Methode zu vergeuden, und wären sie noch so wirksam: Englisch – wozu hätte es ihm heute wohl genützt, hm? *To be or not to be, that is the question* ... Na ja, dieses eine Mal stimmte es sogar ...

Gaubert legte auf.

»Du mußt entschuldigen«, meinte er, »ich bin im Begriff, den Exklusivvertrag für Europa mit CBS an Land zu ziehen. Weiter nichts! Stell dir das mal vor! Ein Mordsgeschäft!«

»Bravo«, seufzte Matthieu.

Ganz Geschäftsmann, beugte sich Gaubert vor.

»Ganz schön mager, dein Applaus! Also? Wo brennt's?«

»Ich war heute morgen beim Arzt. Ich habe da was an der Lunge. Mir bleiben noch ungefähr sechs Monate.«

Das Gesicht plötzlich streng und fast, so dachte Matthieu, wie aus Marmor, schob sich Gaubert in seinen Stuhl zurück. Er glich einem römischen Helden, der die Schläge einsteckt und seine Ängste meistert. In diesem Fall eben meine, dachte Matthieu betroffen, aber abgelenkt durch das Gespräch.

»Was? Aber was erzählst du mir denn da für Geschichten? Haben sie Röntgenaufnahmen von dir gemacht? Szintigramme? Ist dein Arzt seriös? Wer ist es denn überhaupt?«

»Es ist der Nachfolger von Doktor Jouffroy – meinem Hausarzt, der sich zur Ruhe gesetzt hat. Er ist ein Idiot, aber seriös ist er, ja, doch.«

Das Telefon klingelte, und Gaubert, immer noch mit unbewegter Miene, hob ab. »Du entschuldigst, ja?« warf er Matthieu hin: Seine Entschuldigung erlaubte keinen Widerspruch. Und wieder legte er in seinem flotten Englisch los, wobei er von Zeit zu Zeit einen strengen Blick auf Matthieu warf, bis er einen mehr und mehr verärgerten, kurz angebundenen und unfreundlichen Ton anschlug und schließlich ohne ein weiteres Wort der Höflichkeit auflegte.

»Diese Engländer haben Nerven! Sie glauben, ganz Europa gehört ihnen! Aber zurück zu dir! Wie kannst du bloß auf das Urteil eines völlig unbekannten Arztes, eines ... eines Nachfolgers was geben! Du machst Witze! Du wirst uns noch alle überleben, Matthieu! Nein, wirklich! Da gehe ich jede Wette ein!«

So oder so eine ziemlich ungefährliche Wette, dachte Matthieu ironisch, sagte aber nichts weiter dazu.

»Aber ich habe es ja machen lassen, dieses Szintigramm, wie du sagst. Sehr gründlich sogar.«

Er hörte seinen eigenen jammernden Tonfall und empfand Abscheu vor sich selbst. Abscheu und Scham.

Wieder klingelte das Telefon, und Gaubert nahm fluchend ab. »Können die einen, zum Teufel noch mal, denn keine Sekunde in Ruhe lassen?« fragte er, um gleich darauf mit vor Gereiztheit geschlossenen Augen zu antworten:

»Hallo … Yes … Yes! Ah, I prefer that! … Yes, I say: I prefer that! … But what price? … Ok! Ok … What? … Then, I listen to you! Oh, I shall be at Roissy friday … Ok … Ok … Thank you …«

Er blickte auf, starrte einen Augenblick lang die Wand hinter Matthieu an und zeigte ihm dann plötzlich triumphierend seine Faust, bevor er das Gespräch abschloß:

»That's reasonable! Ok! See you friday.«

Er legte auf.

»Also, nein!« brummte er. »Die brauchen wirklich nicht zu glauben … Du … Entschuldige bitte! Ich werde Anweisung geben, daß er zum Teufel gejagt wird, falls er noch mal anruft.«

Und er griff zum Hörer, um seiner Telefonistin Bescheid zu geben, daß ihm niemand mehr durchgestellt werden und man ihn in Ruhe lassen solle: »Und wenn es der Papst persönlich ist!« fügte er noch mit einem selbstbewußten Lächeln hinzu, womit erwiesen war, daß er im Namen ihrer alten Freundschaft sogar Gotteslästerung und die Exkommunikation nicht scheute.

»Nun aber wieder zu uns, alter Freund, nicht wahr? Du bist völlig aufgewühlt: Das ist normal. Ist ja auch Anlaß genug vorhanden! Aber ich kann es nicht glauben. Wenn du erst einmal Lingres oder Barreau oder sonst irgendein hohes Tier konsultiert hast, also dann würde ich mir schon eher Sorgen machen … falls man dir diese Behauptungen bestätigt, natürlich. Heute hattest du es mit einem Einfaltspinsel zu tun, glaub mir! Aber wo willst du denn hin?«

Matthieu hatte sich erhoben. Ohne ersichtlichen Grund verspürte er plötzlich den Wunsch, hier herauszukommen. Dieses Büro mißfiel ihm mehr und mehr, in ästhetischer Hinsicht, sozusagen.

»Ich muß weiter«, sagte er.

»Erzähl bloß deinem Anhang nichts von der Sache«, riet ihm Gaubert. »Sonst geht der Tanz erst richtig los, du Ärmster!«

Leicht rot geworden, lächelte er ihm zu. Während er ihn zur Tür begleitete, schlug er ihm kräftig auf die Schulter, als wollte er sich vergewissern, ob sein Knochengerüst – und somit auch seine Worte – wirklich solide waren.

»Du wirst schon sehen! Du wirst sehen, ich habe recht. Du, und krank? Ich habe dich noch nie krank gesehen. Sobald du Lingres konsultieren willst, brauchst du es mir nur zu sagen: Meine Schwägerin und seine Frau sind … so miteinander!« Dabei legte er Zeige- und Mittelfinger aneinander, strafte aber seinen forschen Optimismus sofort Lügen, indem er sie auf Holz klopfte. Auch sein »Ruf mich sofort an, ja!? Ruf mich an, sobald du die Ergebnisse hast!« hallte noch lange hinter

Matthieu her. Der, er wußte gar nicht so recht, wovor, flüchtete und immer weiter flüchtete.

Er saß wieder im Wagen und fuhr. Er fühlte sich außerstande, auf die von Gaubert soeben zur Schau getragene Haltung zu reagieren oder ein Urteil darüber abzugeben; langsam, aber ohne daß diese Geste provozierend gemeint war, zündete er sich eine Zigarette an. Der gute Robert! ... Trotzdem: Sein Krebs kam reichlich ungelegen, nicht nur für ihn!

Vorhin hatte er wohl sein Radio vergessen. Er beugte sich vor, um es auszuschalten, offenbar nicht schnell genug, denn das durchdringende Hupen brachte seinen Kopf schier zum Explodieren. Ein Lastwagen war von rechts aus einem Lagerhaus gekommen und bereits auf die Fahrbahn eingebogen. Er sah Matthieu ziemlich schnell auf sich zukommen, ein wenig zu schnell, um ausweichen zu können, wie es schien. Matthieu trat auf die Bremse, riß das Lenkrad dann nach links herum, wodurch sein Wagen auf den Bürgersteig knallte, dann wieder nach rechts, was ihn, nun etwas langsamer, hinter dem Lastwagen auf einen wie durch ein Wunder freien Grünstreifen zurückbrachte; am Ende befand er sich wieder in gleicher Fahrtrichtung auf der Ringstraße. Um Haaresbreite war er einem Unfall, einem schweren Unfall, entgangen; und im Rückspiegel sah er, wie der Lastwagen anhielt, ein paar Leute hin und her rannten und ihm nachschauten. Er hatte niemanden überfahren, er flüchtete. Aber es war verdammt knapp gewesen. Wie immer nach einem vermiedenen oder auch nicht vermiedenen Unfall zitterten ihm die Beine, und einen Augenblick lang beglückwünschte er sich wegen seiner Reflexe, um aber gleich darauf dem Lenkrad einen wütenden Schlag zu versetzen.

Was für ein Rindvieh! Was war er doch für ein Rindvieh! Es wäre die Lösung gewesen, wie ein kostbares Geschenk auf dem Präsentierteller … die Lösung für all die kommenden Tage und Nächte voller Angst und Schmerzen. Ohne sie überhaupt gewünscht oder sich ausgesucht zu haben, hatte er die ideale Lösung vor sich gehabt! Und er hatte doch glatt den Schlauen gespielt, den Wendigen, war der einzigen Gelegenheit von der Schippe gesprungen, die ihn hätte retten können, ohne seinen Angehörigen übermäßig Kummer zu bereiten: einem sauberen, schnellen Unfalltod. Er war doch zu blöd! Wirklich zu blöd! Und mit schlotternden Beinen gab er voller Wut auf sich selbst Gas, als könnten sich Wunder wiederholen, als würde ihm unversehens noch einmal ein schöner, blitzschneller Tod auf dem Silbertablett serviert.

Sein Zorn dauerte bis zur Brücke von Saint-Cloud, bis zum Park. Dort fuhr er, ganz allein auf Alleen, die der Herbst noch nicht rot gefärbt hatte, ein paar Minuten lang herum. Dann hielt er an, stellte den Motor ab, stieg aus, atmete, den Rücken gegen die Tür gelehnt, tief durch und streckte sich, während er den Blick über diese ausgeglichen-beschauliche Landschaft um sich her wandern ließ – ohne die geringste Befriedigung zu empfinden. Genau hier war der Haken: Ein paar Wochen lang würde er noch alles tun können, was zu einem ganz normalen Leben – und zwar zu einem glücklichen Leben – dazugehörte, doch es würde immer einen Augenblick oder irgendeine Kleinigkeit geben, die ihm abging oder alles andere verdarb.

Er entfernte sich von seinem Wagen, ging ein kurzes Stück zu Fuß und legte sich schließlich unter einem Baum ins Gras (weit und breit ließen sich weder Schirmmützen noch Spaziergänger blicken). Die Beine von sich gestreckt, lag er mit dem Kopf zu Füßen des Baumes. Er sah zu, wie sich die Blätter dort oben bewegten, sehr weit oben, in der Krone dieses Baumes. Es war wohl eine Kastanie, vielleicht auch eine Eiche oder eine Ulme oder Gott weiß was eben. Auch die Ulmen starben in diesem Jahr zu Tausenden in Frankreich. Sie erlagen der berüchtigten Ulmenkrankheit, die sie, ähnlich wie der Krebs den

Menschen, zur Strecke brachte. Viele, viele Ulmen würden gleichzeitig mit ihm, Matthieu, verschwinden.

*Die Menschen wie die Ulmen befiel dieselbe Pest*
*Zum Fädchen abgemagert, vergaßen sie das Fest …*

So etwas nannte man schlechte Mirlitonverse[1]. Das Wort »Mirliton« gefiel ihm, rührte ihn sogar an, wie manche Melodien im Radio, wie eine unverhoffte Erinnerung, und eine solche war es auch. Er hatte seine Erinnerungen mehr oder weniger klassifiziert in solche, die ihm das Herz zerrissen oder ihn amüsierten, und in solche, die in ihm Schuldgefühle weckten oder ihn in die Flucht trieben. Er glaubte sie alle zu kennen. Woher also kam jetzt diese Erinnerung an das auf einen Rathausplatz hin geöffnete Fenster, an die Hand seiner Großmutter auf der seinen und an ihre Stimme, mit der sie die Dorfkapelle immer wieder um dasselbe schmetternde Ständchen bat, das ihm so gut gefiel? Da war plötzlich wieder dieser hochrote kleine Junge, der Verse aufsagte, Mirlitonverse, wie sein Vater zu bemerken pflegte.

---

[1] Anm. d. Ü.:
Mirliton: einfaches Membranophon, dessen Membran durch Ansingen in Schwingung gerät und einen näselnden Ton erzeugt.
Mirlitonverse: Verse, wie man sie auf den Papierstreifen finden kann, mit denen die Mirlitons häufig spiralförmig umwickelt sind.

Es war der kleine Matthieu, der sich, bevor er Feuerwehrmann oder Pilot oder Elektriker oder Schauspieler hatte werden wollen, leidenschaftlich gewünscht hatte, ein Mirliton zu sein.

»Mein kleines Mirliton«, sagte seine Großmutter und drückte ihn an sich, wenn die Eltern ihn im Winter zwangsweise zu Besuch in das alte Haus schickten. Fünf Jahre später hatte er sich dafür geschämt. Mit fünfzehn hatte er sich ihrer beider geschämt. Das Leben raste so dahin, die alten Damen waren so zerbrechlich und die kleinen Jungen so undankbar.

Er sah nicht mehr das grüne und lichter gewordene Blattwerk hoch oben im Baum, sondern nur noch einen großen, verschwommenen, grünen Fleck. Wasser war es, laues, sanftes Wasser, das ihm, still und ohne jeden Schluchzer, unentwegt über die Wangen hinab in die Erde dieses einsamen Parks rann. Mirlitontränen waren das. Er war sich ganz sicher.

# Kapitel 3

Das Café-Tabac war zugleich eine jener Wettannahmestellen, groß und altmodisch, wie Matthieu sie liebte. Sie wurden immer seltener in Paris. Drinnen standen einige Stammgäste, die in ihren Arbeitspausen hier einzukehren pflegten, und ein paar zum Fenster hinausgaffende Müßiggänger. Der Cafébesitzer, vor sich die Theke, Zigaretten und Kasse, wirkte tyrannisch und mißgünstig wie ein Jesuit. Er warf einen so mißtrauischen Blick auf Matthieu, daß dieser sich einen Augenblick lang verunsichern ließ. Trotzdem lehnte er sich gegen den Tresen, bestellte ein Glas Weißwein und gab – weil er gerade so schön dabei war – gleich noch für alle einen aus. Es war lange her, daß er sich in dieser Art Kneipen herumgetrieben hatte. Und ein ganz bestimmtes Lebensgefühl, diese Welt der Spielautomaten, Lokalrunden, Kumpels, nicht ernst gemeinten Drohgebärden und verrückten Wetten stieg märchenhaft in seiner Erinnerung auf: unwirklich, unwirklich und wohlig.

»Was ist! Kommt sie nun, meine Runde, oder nicht?« wiederholte er und stützte sich dabei lässig auf den Tresen, unmittelbar dem Wirt gegenüber, der ihn immer noch argwöhnisch taxierte.

Zu jener Zeit, nebenbei bemerkt, war es nicht mehr üblich, Lokalrunden auszugeben. Ohne wirklich wichtigen Grund lud man seine Umgebung nicht mehr einfach so auf ein Glas ein. Es war eben nicht die Zeit für Geschenke. Geschenke wurden von der Steuer weder gebilligt noch entschuldigt, geschweige denn überhaupt zugelassen. (Erst kürzlich hatte diese Knauserei des Gesetzgebers bei einem Abendessen das gesamte Gespräch dominiert.) Und Matthieu mußte an seinen nostalgischen Exkurs über die Herren der Schöpfung um 1900 denken, die von ihren Frauen zwar ruiniert wurden, aber sehr viel geselliger und angenehmer, als es ihnen heutzutage durch den Fiskus besorgt wurde.

Ach ja, richtig, was würde er eigentlich seiner Frau hinterlassen? Oder vielmehr *seinen* Frauen? Sein Architekturbüro teilte er sich mit zwei Kompagnons, und durch die Rezession stand er in letzter Zeit beruflich eher auf wackligen Beinen. Das Projekt in Poissy, das ihm so am Herzen gelegen hatte, dieses Projekt, in dem Ästhetik und Moral sich endlich einmal miteinander verbündeten und für das er sich zwei Jahre lang eingesetzt hatte, dieses tolle Projekt, stellte er nun mit Verblüffung fest, hatte urplötzlich jeden Reiz verloren. Innerhalb einer Stunde hatte er sich davon gelöst, er, der so davon besessen gewesen war! Aber was konnte schon bestehen angesichts des nahenden Todes? Wer? Was? Vielleicht eine große Liebe ...? Die er nicht empfand, nicht mehr empfinden würde.

Mittlerweile war der Wirt seiner Aufgabe nachgekommen, und – gepaart mit neugierigen Blikken – hoben sich Matthieu etliche Gläser entgegen. Wieder befiel ihn dieses ungemütliche Gefühl der Enge, er schien nicht mehr wie die anderen zu sein, statt dessen war er zu einem Menschen ohne Pläne, ohne Zukunft, ohne Sehnsüchte herabgesunken. Wie vielen solcher armen Teufel war er wohl schon auf der Straße begegnet, alle genau wie er innerlich fertig und mit Scham erfüllt? Nein, es lag nicht einmal ein Hauch von Romantik darin, ein Mensch ohne Zukunft zu sein! Jeglicher Reiz des Lebens beruhte auf der ZEIT, und zwar nach Proustscher Manier groß geschrieben. Ach ja, Proust! Den hatte er doch noch einmal lesen, oder, um genau zu sein, vollständig lesen wollen, bevor er eines Tages sterben mußte. Hierfür blieb ihm nun keine Zeit mehr. Hatte er denn überhaupt noch Lust dazu? Als wenn er überhaupt noch zu irgend etwas Lust haben könnte, außer irgend jemand anderem anzuvertrauen, was mit ihm los war. Mit all den Menschen, die um ihn bemüht waren, das Brot der schlechten Zeiten zu brechen und zu teilen wie das der glücklichen, die nun der Vergangenheit angehörten. Und an denen hatte es nicht gemangelt. Viele hatte er vernachlässigt. Er war geliebt worden wegen seiner Vitalität, seiner ausgeglichenen Art, wegen seiner Lebenslust, Neugierde und Nachsicht. Was würde ihm in drei Monaten davon bleiben? Nichts.

Er sah auf die Uhr über der Theke. Ein Uhr. Um elf war er beim Hamster eingetroffen: Also war er etwa eine Stunde dort gewesen. Nur eine Stunde. Oder: eine ganze Stunde? Die schlimmste, die längste, bedenklichste und im übrigen auch belangloseste Stunde seines Lebens konnte man so oder so empfinden und benennen. Er machte dem Wirt ein Zeichen in Richtung Weißweinflasche und fühlte sich auf dessen Gesichtsausdruck hin bemüßigt, einen Geldschein aus der Tasche zu ziehen und über den Tresen zu schieben.

»Noch eine Runde! Noch eine!« riefen der Kellner und der Cafébesitzer, die sich jetzt beide ernstlich ins Zeug legten. Wieder prostete man ihm zu, und vereinzelt war ein »Danke!«, »Danke, Monsieur!«, »Auf Ihr Wohl!« oder »Noch einen Weißen!« zu hören. Man muß zugeben, daß er recht sympathisch aussah, dieser Matthieu, auch die Männer mochten ihn in der Regel. Er hatte ein gutmütiges, für einen Franzosen typisches Gesicht, das zu dem Rugbyspieler, der er einmal gewesen war, gut gepaßt hatte. (In den Augen der Frauen allerdings hatte er etwas nicht ganz so Lammfrommes an sich.) Doch im Moment mißfiel im *Zinc du Port,* wie seine neue Zuflucht hieß, lediglich die Tatsache, daß ihn keiner kannte.

»Worauf trinken wir eigentlich?« fragte sein Nachbar – der sein Glas sofort geleert hatte, vorbeugend sozusagen, für den fatalen Fall, daß man auf irgendein Faschisten- oder Kommunistenschwein anstieß. So aber war seine Ehre nicht mehr in Gefahr: Sein Glas war leer.

»Na ja, ... auf Ihre Gesundheit!« sagte Matthieu. »Auf mein Wohl, auf das Ihre, auf alles und auf das Leben überhaupt!«

Zustimmende Rufe wurden laut, Gläser gemeinsam geleert und wieder hingestellt. Einige Gäste fühlten sich sogar bemüßigt, sich für die höfliche Geste des großzügigen Fremden zu revanchieren. Am Ende schloß gar der Wirt diesen Unbekannten, der sein Geschäft zum Florieren brachte, ins Herz. Der allgemeine Wettstreit tat das Seine, und so folgte Flasche auf Flasche.

Es war ein Ort so richtig zum Wohlfühlen, und dieser Landwein hatte es so in sich, daß er in Matthieus Adern nach und nach das Blut ersetzte. Als wohlerzogenem Gentleman war es ihm natürlich unmöglich, ein Glas auszuschlagen. Und wenn sich auch manche Gäste nicht gerade zu einer Lokalrunde hinreißen ließen, so fühlten sie sich doch alle dazu verpflichtet, dem »Neuen« ein Glas zu spendieren.

Es wurde halb zwei, dann zwei. Scheinbar hatten alle die geheiligte und in Alkohol zerfließende Stunde des Mittagessens vergessen. Im näheren Umgang entpuppten sich Matthieus Saufkumpane als recht angenehme Zeitgenossen, mit Ausnahme eines Besessenen, der ihm nun schon zum dritten Mal von einer phantastischen Fünferwette in der richtigen Reihenfolge erzählte. Sie sei von sämtlichen Liebhabern seiner Frau gespielt und natürlich verloren worden. Ein anderer, vorgeblich Geheimagent beim DST[1], wußte alles über die politischen Ränke dieses Jahrhunderts und erzählte davon, ohne etwas darüber verraten zu wollen.

»Aber hallo! Kein Wort darüber! Absolutes Stillschweigen! Glauben Sie mir: versiegelte Lippen!« grölte der enttarnte Spion – und hob dabei in hektischem Wechsel Zeigefinger und Glas, die miteinander rivalisierten, an die Lippen.

Ohne bei dessen Tempo mitzuhalten, trank Matthieu unbeirrt ein Glas Weißwein nach dem anderen und rauchte Kette. Und in dem Maße, wie er ihn aufnahm, rückte der Alkohol – der ihm

1 Anm. d. Ü.:
DST: Direction de la surveillance du territoire (frz. Geheimdienst).

schon immer gut bekommen war – die Dinge des Lebens wieder an ihren richtigen Platz. Er war wie ein ungebetener Störenfried in diesem Café aufgetaucht, nun spürte Matthieu, daß er allmählich zum gerngesehenen Gast wurde (um so beliebter natürlich, weil er auch gleich die Geldbörse zückte). Er fühlte sich als Freund, als Nächster und Mitmensch all dieser Leute, die ihn ebenfalls als einen der Ihren ansahen. Krankheit und Tod wichen von ihm, und dies unter tausend Entschuldigungen: Ja, er würde sterben, obwohl dies bislang ja nur der Hamster behauptete. Ja, er hatte vielleicht nur noch sechs Monate auf dieser Erde zu leben, doch er würde sie wie ein König zubringen. Er würde es mit dieser unheimlichen Krankheit aufnehmen. Gott sei Dank hatte er die Courage und die Veranlagung dazu. Er würde sterben, aber es würde den Aufbruch zu einem anderen Leben oder einem anderen Planeten bedeuten, denn irgend etwas in ihm, Matthieu, war unsterblich, seine Seele zum Beispiel. Nicht etwa so hochtrabend oder katholisch, wie das Wort es nahelegte, sondern weil er dies als glückliches, lebendiges und freies Wesen für sich akzeptierte.

Sein Blut war zu rot, wenn es auch früher einmal blau gewesen war, wie die insgeheim aristokratiebesessene Hélène behauptete. Sein Blut – mittlerweile vermutlich dreifarbig durch all den

Weißwein, der ihm im Augenblick beigemischt war –, sein dreifarbiges Blut also, würde ihm lange genug ausreichend Kraft geben. Wie oft hatte er von jenen unerklärlichen Fällen gehört – unerklärt von den Spezialisten in der Medizin –, jenen Fällen, in denen die bereits Totgesagten zwanzig, dreißig Jahre lang die düstersten Prognosen Lügen straften? Weshalb nicht auch er? Schließlich war er verrückt genug zu meinen, daß er sterben müsse, anstatt der Meinung zu sein, daß er es überleben werde!

Oder aber er ginge nach Lourdes, mit Hélène am einen und Sonia am anderen Arm. Er stellte sich vor, wie sie zu dritt vor der Grotte stehen würden, was bereits das erste Wunder wäre, und wie jede von beiden ihm Heilung und der anderen den Garaus wünschen würde. Vor seinem geistigen Auge stellte er sich ihre drei Gestalten vor dieser Grotte vor. Sie ähnelte eher der, die Ludwig II. von Bayern hatte nachbauen lassen, denn Matthieu hatte bislang zwar Visconti[1], nicht aber Lourdes gesehen. Er begann plötzlich zu lachen, was so gar nicht zu dem Bericht über die geplatzte Wette des Rennliebhabers passen wollte. Der bekam dies auch prompt in den falschen Hals und zog sich zurück. »Versiegelte Lippen« nutzte die

---

[1] Anm. d. Ü.: Luchino Visconti (1906–1976), ital. Film- u. Theaterregisseur, »Ludwig II.« drehte er 1972.

Gelegenheit, um sich an dessen Platz zu schmuggeln.

»Im Ernst, jetzt sagen Sie doch mal, was feiern wir hier eigentlich? Ich werde niemandem was verraten, darauf können Sie sich verlassen, kein Wort darüber, versiegelte Lippen! Aber ich möchte es doch gern wissen! Ist vielleicht Ihre Schwiegermutter gestorben?«

Er brach in schallendes Gelächter aus.

»O nein, das nicht! Noch nicht! Aber das wär's mir schon wert«, meinte Matthieu, der in der Tat die Mutter seiner Frau nicht ausstehen konnte.

Das war nur logisch! Er stand mit seiner Schwiegermutter auf Kriegsfuß und betrog seine Frau mit einer jüngeren Geliebten. Er war der Inbegriff des Franzosen. Der einzige Punkt, der ihn ein wenig aus der Masse heraushob: Er würde früher sterben als die Mehrzahl seinesgleichen. Und vor allem: Er wußte es! Das mußte doch begossen werden! Es mußte begossen werden, aber darüber reden durfte man nicht.

So war es eben. Absurd war beides – der Tod wie das Leben, und man sollte bloß nicht von ihm erwarten, daß er in seinen letzten Monaten nach dem Warum und Weshalb suchte. Wie die meisten seiner Bekannten brachte er seit seinem Berufseinstieg sein Leben damit zu, die Frage »Wie?« zu beantworten. Das Wort »Warum?« war der Jugend oder professionellen Denkern vorbehalten.

Es gab keinerlei Anhaltspunkte, daß es den Sterbenden, das heißt den künftigen Toten, zugedacht war.

Er fühlte sich nämlich so lebendig wie noch nie, was sicher am Weißwein lag, am Alkohol, dem man in diesem Jahrhundert so ungerechtfertigterweise so viel Übles nachsagte, ihm, der doch der Freund des Menschen, das Wundermittel für dessen Seele und der Verbündete seines Körpers war. Wie konnte man seine Qualitäten nur so verkennen: diese durchschlagende, mächtige, hilfreiche und tatkräftige Wirkung des Alkohols? Den wohlwollenden Charakter des Weines? Geschickt erleichterte er die Last des Lebens, machte der Freude Platz und verlieh ihren Eindrücken Poesie. Er stützte die Zaghaften, brachte die Trübsinnigen in Schwung und erheiterte die stiefmütterlich Behandelten. Und die Maßlosigkeit, die er in die allgemeine Mittelmäßigkeit einschmuggelte? Wie sollte man dieser wundervollen Krücke nicht dankbar sein, die sich so herrlich dazu eignete, das zu stützen, was im menschlichen Gemüt hinkte? Weshalb befaßte man sich nicht aufmerksamer mit den Beziehungen zwischen Intelligenz und Alkohol, ihrer tiefen Wesensverwandtschaft und dem Ursprung ihres Zusammentreffens? Seine abgekürzte Zukunft und die Bedeutung seines Todes betrachtete er, Matthieu, nun mit resigniertem, nüchternem und ruhigem Blick, ebenso ruhig, wie er vor etwas mehr als einer Stunde (lediglich mit einem Tee mit Zitrone im Magen) panisch und entsetzt gewesen war. Er, Matthieu, überlegte nun in Ruhe, daß ihm immer noch die Möglichkeit blieb, in sechs Monaten oder zwei Tagen eigenmächtig aus der Welt zu gehen. Schließlich besaß er ja für solche Gelegenheiten ein Jagdgewehr, eine ebenso glatte wie bequeme Lösung, die ihm zwei Stunden zuvor noch unmöglich, grauenhaft und dramatisch erschienen war! Der Alkohol gab ihn, Matthieu Cazavel, sich selbst zurück und stellte seinen Mut und Stolz wieder her.

Natürlich würde er bald mal wieder zum *Zinc du Port* kommen, sehr bald sogar, und wenn es zufällig ein Sonntag wäre, würde er, zusammen mit einigen anderen bevorzugten Stammgästen, zum Mittagessen eingeladen werden. Da müsse er dann unbedingt den mit Hackfleisch gefüllten Kohl der Wirtin probieren, die aus dem Südwesten stamme. Der Wirt hatte jetzt einen echten Narren an Matthieu gefressen. Die Gäste ebenfalls. Und ohne Zögern versprach er hoch und heilig wiederzukommen. Wenn er in den nächsten sechs Monaten keinen Sonntag fand, um diesen gefüllten Kohl zu versuchen, dann verdiente er es wahrhaftig nicht, noch länger zu leben.

# Kapitel 4

Die Sonne hatte ihre schwere Schlacht siegreich geschlagen, ohne daß man sie wirklich dazu beglückwünschen konnte, denn ihre Feinde waren einfach nur vom Himmel verschwunden, also lediglich geflüchtet. Der Regen hingegen pflegte seine schwarzen Schwadronen zur Schau zu stellen und zum Zeichen seines Sieges mit allen verfügbaren Wolken aufzutrumpfen. Die Mittagszeit war vorüber, und Matthieu konnte sich nicht mehr erinnern, ob er etwa mit irgend jemandem zum Essen verabredet gewesen war. Er fuhr ein wenig im Zickzack und hielt dann vor dem *Hôtel des Invalides* an. Vor ihm lag golden schimmernd im schrägen, bereits herbstlichen Licht der Pont Alexandre III. Es war an einem Tag wie diesem gewesen, an ebenjener Stelle, als er Mathilde, das heißt der Liebe, begegnet war. Sie hatte ihn ebensosehr geliebt wie er sie – bei ihr hatte dieser Zustand allerdings nur ein Jahr gedauert.

Mathilde, an die zu denken er sich nun seit so vielen Jahren verboten hatte. Mathilde … Sollte er sterben, ohne sie wiedergesehen zu haben? Mußte er sie zu jenen unbegreiflichen und unfaßbaren Seiten des Lebens zählen? Aber schließlich war es doch gar nicht so abwegig zu sterben, ohne Mathilde wiedergesehen zu haben, hatte er doch auch damals ohne sie weiterleben müssen ... Eines war sicher: In der Zeitspanne, die ihm noch verblieb, würde er der Vergangenheit bestimmt abschwören. Niemals durfte er wieder in das eintauchen, was bisher sein Leben gewesen war; denn dies war das Leben eines anderen. Einer, der überhaupt nicht an seinen Tod dachte und noch weniger an dessen Zeitpunkt. Ein anderer Mensch. Er mußte ohne Vergangenheit leben, da diese Vergangenheit nicht mehr zu dem Matthieu von heute paßte, und ohne Zukunft, da es für ihn keine mehr gab. Er hatte in der Gegenwart zu leben. Nur mußte ihm das erst einmal gelingen! Dabei hatte er gerade damit oft genug geprahlt, und oft genug hatte es mißbilligend über ihn geheißen: *»Matthieu, der nur für den Augenblick lebt.«*

In seinen Augen entsprach das eben seiner Veranlagung als Genußmensch: Er war sinnenfreudig und hatte sein Leben in der Hand, was ihn mit Stolz und Wohlgefühl erfüllte. Doch an der Schwelle dessen, was ihn nun erwartete, nützten ihm weder Worte noch Theorien über die unverfälschte Sinnenfreude.

Begriffe wie Sinnlichkeit, Heidentum, Gegenwart, Lebensfreude, Glück ebenso wie Masochismus, Perversion, Heroismus und Narzißmus schienen ihm vollkommen schale und vage Worte zu sein, die sich der Mensch nur ausgedacht hatte, um seine eigenen Zickzackwege zu erklären – die ebensogut einem etwas zu opulent ausgefallenen Mittagessen wie echtem Liebeskummer entspringen konnten. Es gab nichts, absolut nichts, dessen er sich sicher war. Doch: Er war sich sicher, glücklich oder unglücklich gewesen zu sein und seine Gefühle in der einen oder anderen Weise bekämpft zu haben. Er war sich sicher, mit zwanzig ehrgeizig gewesen zu sein, davon geträumt zu haben, Paläste und herrliche Häuser zu erbauen, bevölkert von Luft, Wind und Menschen, die überglücklich waren, darin leben zu dürfen. Es waren Luftschlösser gewesen, die sehr bald durch solide Häuser ersetzt werden mußten, in denen nicht die Bäder bei der ersten Überschwemmung oder die Dächer beim leisesten Windhauch gleich zu Bruch gingen. Dies gehörte zur obersten Pflicht eines Architekten, war aber gar nicht so leicht umzusetzen – vor allem nicht für einen beim Staat angestellten Architekten.

Er fand sich nicht mehr zurecht. Er hätte gern mit jemandem, mit einem Freund, geredet. Ein Freund, das war jemand wie Michel, mit dem er die Sorbonne besucht hatte und dann die nebulösen Kurse in Ingenieurswesen und Architektur. Michel, mit dem er vier, fünf Jahre lang die Jugend, die Mädchen und Paris geteilt hatte. Kurz, das Leben, wie man es mit zwanzig eben sieht, das heißt, das wahre Leben: dramatisch, lyrisch, maßlos und komisch. Auf Kaimauern, Parkbänken und in Kneipen hatten sie beide nächtelang Apollinaire, Éluard, René Char und Baudelaire rezitiert. Alle beide hatten sie dummes Zeug geredet und, sei es mit Melancholie oder Zynismus, mit Mädchen geschlafen, die sie damit zum Lachen brachten. Michel hätte ihn nicht im Stich gelassen, er hätte nicht so getan, als verstünde oder glaube er ihm nicht, und vor allem hätte er ihn nicht wegen irgendwelcher Telefonate und Nichtigkeiten einfach so stehenlassen.

Aber was wußte er schon? Vielleicht war Michel zu einem jener durch Erfolg abgemagerten und festgefahrenen oder, umgekehrt, durch Mißerfolg rundlichen und gepolsterten Menschen geworden. Oder anders gesprochen: Entweder hatte er Karriere gemacht oder versagt. Michel war vielleicht zu einem jener rotgesichtigen, schwerfälligen Männer geworden, die anderen gleichgültig gegenüberstanden und für instinktives Mitleid keinen Sinn hatten: eben zu einem von Nichtigkeiten begeisterten Mann wie so viele andere auch. Und zum ersten Mal in den zwei Stunden, seitdem er ihn gesehen hatte, empfand Matthieu ein Gefühl der Verachtung für Robert. Hélène zufolge war Matthieu ein schlechter Beobachter und überdies lax, wogegen Matthieu selbst sich als jemanden kannte, der in seinem Urteil einfach nur langsam und verspätet reagierte und dabei vieles falsch einschätzte. Nein, Michel war der gleiche geblieben: Er würde jetzt mit ihm über das Leben, den Tod im allgemeinen und den seinen im besonderen reden wie über einen normalen, aber in jedem Fall faszinierenden, lyrischen und interessanten Wendepunkt. Aus dieser banalen Krankheit hätte er ein Diskussionsthema, einen Anlaß zum Nachdenken gemacht, und nicht diese Unschicklichkeit, die aus Roberts Mund abstoßend auf ihn gewirkt hatte, so abstoßend und widerwärtig wie seine Weigerung, es zuzugeben.

Die kommenden sechs Monate würden also nicht nur grausam, sondern auch noch unerquicklich werden. Jedenfalls für diesen ironischen, scharfblickenden Matthieu, den er heute morgen, unvermutet wie stets, hatte auftauchen sehen, als alles Übel seinen Lauf nahm. Ein lockerer Matthieu, dem dieser kranke, leidende und jammernde Matthieu ebenso auf die Nerven gehen würde wie der stoische und heroische. Oder der zwangsläufig engstirnige Matthieu, den die Krankheit enthüllen und dessen er sich schämen würde. Oder auch dieser sympathische und krebskranke kleine Architekt, dieser verlogene Schürzenjäger, tolerante Feigling und sentimentale Egoist. Welchen Mann hätte er letzten Endes verkörpern wollen? Picasso? Talleyrand? Keinen anderen. Keinen anderen als sich selbst. Was als Gipfel der Selbstgefälligkeit erscheinen mochte, aber doch nur auf einen immer noch von Mathilde geliebten und demnach besseren, begabteren und glücklicheren Matthieu verwies.

Wäre er Mathildes eines Tages überdrüssig geworden? Nein, bestimmt nicht. Jeder Augenblick ihrer Beziehung war ihm, und das ging ihm heute noch so, wie ein Freudenfest vorgekommen; auf jeden Fall wie ein Moment der Harmonie ... Weder Mathildes Intelligenz noch ihr Wesen (das ihrer Klugheit durch einen glücklichen Zufall entsprach), noch ihre Neigung zur Maßlosigkeit hätten ihn je langweilen können. Er hätte sie immer geliebt! Was Matthieu dabei beeindruckte, war nicht so sehr die Tatsache, daß er sich nach all der Zeit noch so sicher war, sondern daß er es glauben konnte und wollte. Dabei hatte er Mathilde seit ihrer Trennung nicht wiedergesehen. Er hatte es sich selbst aus Glücks- und Liebesbedürfnis und im Kampf gegen die Nostalgie hartnäckig untersagt, an sie zu denken oder auch nur von ihr zu träumen. Auch wenn es der Ankündigung seines eigenen Todes bedurft hatte, damit er sich ihr – mit ihr sich selbst und ihnen beiden – zuwandte …

❧

An einer endlos roten Ampel festgehalten, wiederholte er sich selbst alles so ausdrucksvoll, daß ihn der Fahrer im Auto neben ihm verwundert ansah. Während er sich scheinbar an eine unsichtbare Person auf dem Rücksitz wandte, trat Matthieu mißgelaunt auf das Gaspedal. Wann würde er endlich aufhören, sich wie ein normaler Mensch, wie ein solider, erwachsener Mensch zu benehmen – noch dazu jetzt? Er mußte aufhören, seinen Zustand zu verheimlichen, aufhören, den Lebenden – und obendrein den genüßlich Lebenden – zu spielen! Er sah seine Stamm-Tankstelle, bremste, tankte zehn Liter und lehnte sich, als er eigentlich gerade weiterfahren wollte, zu dem, zumindest heute dank seines aufmunternden Trinkgeldes, heiteren Tankwart hinaus, den er seit fünf Jahren kannte.

»Schönes Wetter, was?« meinte der Tankwart, für den solche Banknoten seit langem, ja eigentlich schon immer, jede Wolke verjagten.

»Schönes Wetter«, nickte Matthieu. »Schönes Wetter, aber in sechs Monaten bin ich tot. Das hat man mir heute morgen gesagt.«

»Ach, gehen Sie! Das kann doch wohl nicht wahr sein …!«

Der andere grinste noch mehr, als hätte er nichts gesagt. Er mußte wohl eine ganze Menge witziger, guter Kunden haben.

»Lungenkrebs!« Matthieu ließ nicht locker. Er schlug einen trockenen Tonfall an und versuchte, ihm dabei in die Augen zu sehen.

»Wenn das wahr ist, dann passen Sie nur gut auf, ja! Meine Schwester hatte was an der Lunge, damit war nicht zu spaßen! Kopf hoch, auf geht's! Nur zu, es klappt schon alles ...!«

Und mit einem souveränen Schritt trat der Hüter der Benzinpumpe auf die Straße. Er lächelte immer noch, wenn auch jetzt etwas lustlos; und mit der erhabenen Geste eines Sämanns wies er Matthieu und seine Lunge wieder ein in den Strom der Fahrzeuge. Daß ihm vielleicht einer reinfuhr, würde ihn weder erschüttern noch sonstwie berühren. Weniger über den Tankwart als über sich selbst erbost, fuhr Matthieu mit quietschenden Reifen los. Was hatte er sich eigentlich erhofft? Daß dieser Ölgießer auch Tränen vergoß? Daß er seinen Overall naßweinte? Er tankte dort nur zweimal im Monat – also mußte sich dieser Tankwart auch nicht bis ins Innerste aufgewühlt zeigen. Welcher Geschäftsmann würde ihm überhaupt nachtrauern? Er lebte wie ein Nomade, kleidete sich mal hier, mal da ein, besuchte zehn verschiedene Kneipen und kaufte seine Zigaretten, wo es sich gerade anbot. Seine Konsumgüter wurden von seiner Frau eingekauft. Nein, er war noch nicht einmal ein guter Kunde!

Was sollte er nun mit sich anstellen? Sonia war bestimmt noch nicht zu Hause, und Hélène auch nicht. Er hätte im Büro sein und mit seinem Assistenten Paul reden sollen. Paul war ein Typ, der vor Liebenswürdigkeit und Taktgefühl überquoll, allerdings selbst mehr als genug Verdruß und Überdruß mit sich herumschleppte. Aber schließlich hatte er sich ja fest vorgenommen, das Geheimnis zu wahren – zumindest im Büro. Nein, er war allein. Er war allein, er hatte Hunger, und er würde jetzt als einsamer Gourmet an einem Einzeltisch speisen. Für gewöhnlich war er kein Feinschmecker, aber dieses eine Mal wollte er einer sein. Bevor er starb, wollte er noch alle Freuden entdecken, die er bislang versäumt hatte: das kultivierte Essen zum Beispiel – bevor er dann die kleinen Jungs ausprobierte ... Doch nachdem er sich nicht recht entscheiden konnte zwischen drei oder vier Lokalen, die gerade in waren, steuerte er auf eines seiner gewohnten Restaurants am Montparnasse zu. Dort würde er zwar nicht hervorragend speisen, aber dafür erwarteten ihn die träge Sympathie und der herzliche Empfang des Oberkellners. Endlich mal einer, der ihm nachtrauern würde, vielleicht ... André, der Rangoberste im Restaurant *Le Globe*. Soweit war es also mit ihm gekommen! Daß er schon ganz Paris nach Augen absuchte, die ihn beweinen würden. Matthieu fühlte sich gedemütigt und schuldbeladen, zwei Gefühlsregungen, die er am wenigsten kannte oder kultivierte.

❧

Er spürte den Drang, irgend etwas Verrücktes zu tun. Es würde ihm nicht gelingen, diesen Drang loszuwerden. Also ging er die Treppe hinunter, die zu den Toiletten und zum Telefon führte, eine dunkel geflieste, feuchte und schlecht beleuchtete Treppe, eine typische Pariser Brasserietreppe. Wie viele Male war er vor sich hinpfeifend solche Stufen hinabgestiegen? Wie oft hatte er sich in eine Telefonkabine eingeschlossen, um jemanden anzurufen, den er liebte, mit dem er zusammen arbeiten oder sich vergnügen wollte? Wie oft …? O nein, er mußte damit aufhören, sein Leben und seine Erinnerungen in eine banale, sich wiederholende Bilanz umzumünzen. Er betrat die Toilette, die durch eine Tür ohne Schloß vom Gang abgetrennt war. Um seine Ruhe zu haben, holte er einen Stuhl und blockierte den Türgriff. Rasch entblößte er seinen Oberkörper und hängte Jackett, Hemd und Krawatte über besagten Stuhl. Als jemand zwei- oder dreimal an die Tür klopfte, antwortete er mit barscher Stimme: »Besetzt!«, was auch prompt wirkte.

Über dem Waschbecken hing ein großer, neonbeleuchteter Spiegel, und Matthieu betrachtete sich darin. Er sah eine wenig berückende Person mit grünem Teint. Sein Blick glitt zunächst flüchtig über das Gesicht und den Hals und blieb dann am Oberkörper hängen. Matthieu sah sich an. Er fand sich häßlich. Für ihn waren alle Männer häßlich, und wenn sie nackt waren, fand er ihre Geschlechtsteile lächerlich. (Die Bewunderung und träumerische Verzückung, mit der manche Frauen dieses widerspenstige und wenig anmutige Körperteil beglückten, mutete ihn fast ein wenig pervers an.) Er betrachtete die Stelle, die vermutlich sein Herz überspannte, wobei er dessen Schläge unter der Haut zu erspähen versuchte, und starrte schließlich auf eine ganz bestimmte Stelle. Eine Stelle zwischen den ersten Rippen, unter der sanften Linie goldener Brusthaare, die bis zu seinen Nabel verlief.

Ein Tier, ein Krake, ein unerbittliches Insekt, lebte, wucherte und entwickelte da in ebendiesem Augenblick heimtückisch seine Krallen und sein Gebiß. Gerade war dieses abscheuliche, sture und unbesiegbare Etwas dabei, ihn im Dunkel der Organe, im finsteren, blutigen Brei seines Körpers zu zerstören, ihm Sonne, Wind, Schönheit, Freude, Zukunft und auch Vergangenheit zu nehmen. Seine Vergangenheit, die keiner seiner Angehörigen mehr kannte, mit Ausnahme einer Tante in der Provinz, die er aber nicht leiden konnte. Diese Vergangenheit würde mit ihm selbst und seinem Wissen darum verschwinden. Alle Matthieus, ob nun der kleine Junge, der pikkelgesichtige Jugendliche oder der lebenshungrige junge Mann, der erwachsene Verführer und begeisterte Architekt, all diese Matthieus würden sterben. Da. Da war es. Und zögernd streckte er die Hand aus, setzte den Zeigefinger auf sein Herz, oder vielmehr auf die Stelle, an der er es vermutete, und beschrieb um diesen strategischen Punkt herum einen Kreis. In diesem Moment fuhr er über das Ungeheuer hinweg, warf vielleicht einen Schatten darauf, er drückte ein wenig fester, brachte es damit womöglich in panische Aufregung, und mit einer Art wütendem Aufschrei versetzte sich Matthieu einen so gewaltigen Schlag zwischen die Rippen, daß es ihm den Atem verschlug.

Er hustete, zitterte und schnaufte, als hätte er zwei Runden im Boxring hinter sich. Langsam, ganz langsam zog er sich wieder an. Beharrlich ignorierte er das Poltern, mit dem noch immer jemand in höchster Bedrängnis und Verärgerung die Tür traktierte. Und ohne ihn überhaupt wahrzunehmen, öffnete er die Tür und ging an ihm vorüber, nachdem er sich noch reichlich Wasser ins Gesicht gespritzt und mit einer mechanischen Handbewegung auf die Wangen geklopft hatte.

Nun stieg er, immer noch schwer atmend, die Treppe hinauf. Erst als er an seinem Tisch seinen Lieblingskellner vor sich hatte, fand er zu seiner Geistesgegenwart zurück.

»Sie sind allein, Monsieur Cazavel?«

»Das ist man doch immer«, lächelte Matthieu. Und er setzte sich, nicht ohne eine gewisse Befriedigung, an einen Tisch für vier Personen.

Man saß hier direkt zur Straßenseite hin, und der Tisch lag im prallen Sonnenlicht, das schräg durch die Glasscheibe fiel. Er war allein, in der Tat, aber er hatte es ja so gewollt. Er hätte nach dem Arztbesuch nur zu Hause oder bei Sonia oder sonstwo anzurufen brauchen, und er wäre jetzt umgeben und liebevoll umsorgt von gerührten, zutiefst bewegten Frauen. Statt dessen hatte er die verhängnisvolle Idee gehabt, seinen guten Kumpel Robert aufzusuchen ... Sein Mund verzog sich sarkastisch.

Jedenfalls hatte er eine zauberhafte Spazierfahrt am Ufer der Seine entlang gemacht, einer Seine ohne große Baudenkmäler und Vergangenheit. Und auf der Straße hätte beinahe ein Lastwagen sein künftiges Martyrium beschleunigt, ja sogar vorzeitig beendet. Er hatte gerade eine narzißtische Krise hinter sich, *die ihn beschämte*. In dieser Situation mochte das ein ganz normaler Reflex sein, aber er lehnte ihn strikt ab. Er wollte sich auf gar keinen Fall gehenlassen. Er würde gegen diesen Horror ankämpfen, und wenn er zu Tricks greifen mußte. Was kümmerte es ihn? Ihm blieben nur noch sechs Monate. Er würde sie nicht mit einem Leben in Angst vertun, entsetzlich sicher, daß er sterben mußte. Er würde sich wie immer den wenn auch beeinträchtigten, so doch immer noch beglückenden Dingen widmen, die er seiner Harmonie mit diesem Planeten zu verdanken hatte. Er würde sich dieses Entsetzen vor dem Tod genauso verbieten, wie er sich aus Stolz mehr oder weniger erfolgreich verboten hatte, Mathilde nachzutrauern. Er würde sich »sein Leben« nicht verpfuschen.

Der Oberkellner hatte für Matthieu den Muscadet eingeschenkt, einen leichten, geschmeidigen Wein ohne große Blume, und in kleinen Schlucken leerte er mit geschlossenen Augen langsam sein Glas. Eine Frau an einem der Nebentische sah ihn mit begehrlichen und amüsierten Blicken an, ungefähr wie man ein glückliches Tier beobachtet.

Nachdem er im Sonnenlicht hinter den Fensterscheiben zwei Espressos getrunken und mit dem beflissenen André einige herzliche Worte gewechselt hatte (er war einfach zu nett, als daß Matthieu ihn mit seinen Sorgen hätte belästigen wollen), beschloß er zu gehen. Sonia würde noch nicht in ihrer Wohnung sein; der Modesalon entließ sie erst, wenn sie für manche Kundinnen endlos lange geduldig auf und ab stolziert war. Nachdem sie mit ihrem hochmütigen Gang und dem blasierten Gesichtsausdruck einer Kaiserin vor ihnen defiliert war, kam Sonia nach Hause, um nun das kleine Mädchen zu spielen, sich auf der Couch einzurollen und mit kindlicher Stimme zu maunzen (es hatte Matthieu sehr viel Strenge gekostet, um nicht mit einer Reihe von Plüschtieren zusammenleben zu müssen). In sechs Monaten würde sie wieder welche kaufen können, das tröstete sie dann vielleicht über den Tod ihres »großen kleinen Bären« (Matthieus aktueller Kosename) hinweg.

Was sollte er in der Zwischenzeit mit sich anfangen? Kino schien ihm völlig deplaziert; falls er sich etwas Dramatisches ansah, würde er sich unmöglich für die kleinen Mißgeschicke der jeweiligen Personen interessieren können; und falls ihm eine Komödie unterkam, waren die Chancen äußerst gering, daß er sich bei den witzigen Szenen die Seiten vor Lachen halten mußte. Vor allen Dingen war es unmöglich, ja einfach undenkbar, daß er einem x-beliebigen Filmregisseur seine so kostbare Zeit widmete. Mit einem Wort: Katastrophen- und B-Filme oder endlose Romméabende mit viel Gin kamen für ihn nicht mehr in Frage. Sollte er sich also besser Proust, den Museen oder Bakkarat mit überhöhten Einsätzen zuwenden? Das war es wohl auch nicht. Er lehnte die kleinen Dinge ab, ohne sich aber deshalb für die großen mehr zu interessieren. Das konnte ja heiter werden: sechs Monate lang ein Leben auf halbmast. Nein, ging es ihm durch den Kopf, was er in Wirklichkeit brauchte, nachdem er seinen beiden Frauen alles erzählt hatte, was er wirklich nötig hatte, war, mit sich selbst zu reden. Es war lange her, daß er soviel Zeit mit sich selbst zugebracht hatte, und er mußte sich eingestehen, daß er ein sonderbares Vergnügen – sonderbar unter diesen Umständen – daran fand. Es war ein bescheidenes und unsicheres, aber eher tröstliches Vergnügen.

Das war genau das richtige Wort: »tröstlich«. Er hielt sich ganz ordentlich aus eigener Kraft. Er ertrug sich selbst ohne übermäßige Herablassung und ging sogar so weit, seine Umwege und Ausflüchte vor der Wahrheit gutzuheißen. Als hätte es plötzlich zwischen seinem verletzlichen Ich und diesem hämisch lachenden Echo, das er dahinter hörte, einen Waffenstillstand oder gar eine Einigung gegeben, als hätte sich jemand hinter der Anhäufung falschen Scheins, Matthieu Cazavel genannt, eingenistet und ihm wieder innere Stimmigkeit und Leben verliehen. »Als würde der Tod mich erst richtig lebendig machen«, sinnierte er laut und mußte über das Lächerliche und Melodramatische dieser Formulierung lachen. Und obwohl er vor sich hin gelacht und geredet hatte, während er etlichen Fußgängern begegnet war, hatte sich keiner mit fragendem Blick nach ihm umgedreht. Wenigstens haben sie mich nicht bemerkt, sagte er sich, und vielleicht begann er ja gerade, sich um das Gerede der Leute einen Teufel zu scheren? Es wurde auch Zeit!

Nun gut, wenn er ein in sich stimmiger Mensch werden konnte, war es vielleicht auch möglich, ein sich selbst und seiner nahen Zukunft bewußter Mensch zu werden. Wie sollte das alles vor sich gehen? Unter welchen Bedingungen? Es kam nicht in Frage, daß er litt. Der gefühlvolle und sanfte Matthieu wie der zynische Weiberheld Matthieu, Rollen, die er wechselweise ausfüllte – womöglich, um sich selbst wieder einen gewissen Reiz zu verleihen –, der eine wie der andere Matthieu war zimperlich. Übrigens hatte er den Eindruck, daß sich diese beiden Matthieus, diese zwei allzu simplen Bilder, von Zeit zu Zeit durch die Wucht der Ereignisse auflösten und durch eine skizzenhafte Silhouette ersetzt wurden, durch einen Mann ohne Profil, den die Kugeln umschwirrten, ohne ihn zu treffen. Ein ziemlich wendiges und geschmeidiges Wesen, denn bis zur Stunde wußte es nichts von dem Geheul und den Prahlereien, die üblicherweise mit solchen Kämpfen einhergingen. Ja, es war, als wäre eine Nachbildung seiner selbst an seine Stelle getreten – eine vielleicht genauere, naturgetreuere Nachbildung als das ursprüngliche Modell und möglicherweise authentischer als die übrigen Kopien.

Doch auch diese gewandte und unauffällige Persönlichkeit würde sich angesichts der prophezeiten körperlichen Anfechtungen als sehr feige erweisen. Matthieu gehörte zu der Sorte Mensch, der imstande ist, drei Kilometer weit mit einem gebrochenen Bein zu laufen, aber Zeter und Mordio schreit, wenn sich eine Wespe auf ihm niederläßt. Auf den Schmerz zu warten gehörte nicht zu seinen Stärken. Was sollte er tun? Und wer stand ihm bei? Sich umbringen, ja, sicher, aber allein, so allein?

Dabei hatte er in seiner Jugend, so erinnerte er sich, diesbezüglich mit zwei oder drei gleichaltrigen Freunden absolut ernsthafte und unmißverständliche Schwüre getan. Sie hatten sich verpflichtet, im Falle eines Gebrechens oder absoluter Ohnmacht zu tun, was zu tun war. Das waren vor allem die Geschwister Dambiez und er selbst gewesen. Mit neunzehn waren sie unzertrennlich gewesen. Und dieser Zustand hatte zwei Jahre lang angedauert. Jahre später starb Claude Dambiez an Krebs. Sie starb, wie die Zeitungen damals schrieben, nach »langer und grausamer Krankheit«. Das war vor über fünf Jahren gewesen. Im Frühling jenes Jahres wog Claude noch neunundzwanzig Kilo, sie hatte alle Haare verloren und zitterte in ihrem Bett vor sich hin. Weder ihr Bruder noch er hatten ihr geholfen, dem Ganzen ein Ende zu machen, denn selbst in vertraulichen Gesprächen hörte sie nicht auf, Pläne für den nächsten Winter zu schmieden: ein Schweizer Ferienhaus wollte sie mieten und andere Vorhaben in Angriff nehmen ...

Mit einem Wort: Sie lebte. Sie lebte auf eine freilich trügerische Zukunft hin, was ihre rat- und hilflosen Angehörigen und Freunde einmal erleichterte und ihnen dann wieder schier das Herz zerriß. Claude hatte vor allem in den letzten vier Monaten gelitten, und an die zehn Mal war Matthieu drauf und dran gewesen, sie zu fragen, ob ihr alter Schwur noch Gültigkeit habe. Doch er hatte es nicht über sich gebracht. Es wäre ein Eingeständnis gewesen, daß sie im Sterben lag, und genau das hatte sie verdrängt. Man wollte nicht sterben, wenn man sich erst einmal mit diesem Gedanken auseinandergesetzt hatte. Und in Wirklichkeit hatte man nicht viel Zeit, sich das Leben zu nehmen. Mut und Klarsichtigkeit wichen nämlich sehr, sehr schnell, so schien es, der Illusion und Hoffnung. Auf jeden Fall wichen sie der strikten Absage an diese klägliche Oberflächlichkeit, an diese seichte Nachlässigkeit, die einen sterben ließen, ehe man überhaupt darüber nachgedacht hatte.

Nur weil er heute, nach diesem ersten unverhüllten und merkwürdigen Tag voller Klarheit, endlich einmal bewußt lebte, konnte er sich doch nicht gleich Auge in Auge mit dem eigenen Tod sehen. Die ersten Schmerzanfälle mochten einen vielleicht genügend auf den noch folgenden Rest vorzubereiten, um sich diesem zu verweigern. An diesem Tag mußte man dann alles im Griff haben und durfte seine Entschlossenheit nicht dadurch untergraben, daß man einen Arzt, Apotheker oder Waffenhändler zu überreden versuchte, einem aus der Patsche zu helfen. Schlimmstenfalls, ging es ihm wieder durch den Kopf, hatte er ja sein altes Jagdgewehr ... doch er hatte es an seinen Schwager (auch so ein Schwachkopf) verliehen; der brachte seine Zeit damit zu, sich immer alles bei ihm auszuleihen. Er mußte es sich wieder holen. Das traf sich gut: Es war September, und die Jagdsaison begann.

Andererseits, eine sehr bequeme Lösung war das auch wieder nicht, so ein Jagdgewehr. Man schoß mit dem großen Zeh, erinnerte er sich, irgendwo gelesen zu haben, und ungeschickt, wie er selbst mit den Händen war, würde er es mit den Füßen allenfalls schaffen, Hélènes zauberhafte Einrichtung zu demolieren ... Oder aber man spannte einen am Abzug befestigten Bindfaden von der Tür zum Sessel, in dem man saß ... Ach, weiß der Teufel! ... Das wichtigste war schließlich, daß die Kanone genau dahin gerichtet war, worauf es ankam. Seltsam, daß er seinen

Selbstmord, diese ganze Schweinerei, die er vorhatte, ausgerechnet bei seiner Frau zu Hause ins Auge faßte. Es war auch bei ihm zu Hause, sicher, aber moralisch gesehen bei ihr. Nirgendwo sonst. Wie eine Art ehelicher Pflicht, eine mehr. »The last, but not the least«, hätte der zweisprachige Gaubert gesagt. Sich bei Sonia umzubringen wäre die denkbar krasseste und gemeinste Untreue und zudem ein Beweis der Bevorzugung, auf den Sonia sicherlich gern verzichten würde. (Und die arme Hélène ebenfalls, denn beide Frauen hatten eines gemeinsam: Sie schätzten, nein, sie liebten ihr Interieur.)

Hélène hatte also recht, wenn sie ihm vorwarf, daß jenes »Schlimmste« seit jeher ihr vorbehalten war. Das Schlimmste. War es wirklich das Schlimmste? Ein Mensch, der sich dort umbringt, wo er gelebt hat ... Jedenfalls hätte er sich woanders befangen gefühlt ... Das klassische Hotelzimmer kam ihm grauenhaft einsam und konventionell vor; der passende Ort für den Selbstmord einer Waise ... Matthieu überlegte. Immer schon war er seine unvernünftigsten Pläne mit äußerster Sorgfalt angegangen, während er die seriöseren Angelegenheiten eher nachlässig vorantrieb. Hier handelte es sich ganz offensichtlich um einen unvernünftigen Plan, den er da entwickelte. Denn selbst in einem Fall wie dem seinen hatte Selbstmord in bezug auf die Gesellschaft etwas Provozierendes an sich. Es würde eine Flucht bedeuten, mit der er die anderen ablehnte und vor den Kopf stieß, eine äußerste Geste der Unabhängigkeit; und darin war sie narzißtisch. Aber darum scherte er sich nicht, wirklich nicht. Er würde sich das Leben nehmen, wenn er konnte und wollte. Er mußte nur tapfer genug sein, um seine Angst vor dem Tod zu überwinden, oder besser gesagt, er mußte nur genügend Angst haben vor dem, was ihn noch erwartete. Bald würde er nach Morphium, einer Spritze und Ampullen suchen. Dieses Mal würde er nicht so einfach davonkommen, und er fürchtete, daß das Gewehr, ob nun mit zerstörerischen Folgen oder nicht, den Sieg davontragen würde.

*»Nun durchstreifst du Paris ganz allein in der Menge ...«* Von wem stammte das gleich wieder? Ach, ja! Von Apollinaire. Es war das Gedicht »Zone«, das dem »Chanson du Mal-Aimé« vorausging und im übrigen weniger bekannt war, das er aber allen anderen in *Alcools*[1] vorzog:

*»Herden heulender Autobusse rollen an dir vorbei*
*Die Angst um Liebe würgt dir die Kehle*
*Als ob du niemals mehr geliebt sein solltest ...«*

---

[1] Anm. d. Ü.: Guillaume Apollinaire (1880–1918), frz. Dichter, dessen »Alcools« (1913) eine berühmte Sammlung von Vers- und Prosalyrik ist. Wegbereiter des Surrealismus.

Nicht mehr geliebt … Nie mehr sollte er geliebt werden … In diesem Augenblick existierte eine etwas dumme, kleine junge Frau, die ihn zu lieben glaubte … Und die ihn demnach liebte, das kam schließlich aufs gleiche heraus! Gewohnheitsmäßig geliebt und gehaßt wurde er aber auch von einer Frau seines Alters, der er, ohne es eigentlich zu wollen, Leid angetan hatte; allerdings auch ohne zu wollen, daß sie nicht litt. Ja, so war es, sein Gefühlsleben. Ein mehr oder weniger heiteres, sinnloses Spiel. »Du kannst Apollinaire noch so sehr um Beistand anrufen, das macht keinen Unterschied.«

Oh, sagte er sich, und wie viele Leute zitierten Apollinaire, um eine absolut gefühlsarme Existenz auszuschmücken oder zu kaschieren? Er zumindest hatte geliebt und war monatelang wiedergeliebt worden. Das war es dann auch schon. Das war es dann schon? Zehn, zwölf Monate? … Das war immerhin enorm, wenn er an das Leben mancher anderer Männer dachte. Man brauchte sich nur anzusehen, wie Männer seines Alters zum Beispiel angesichts einer bildschönen Frau reagierten: Sie lachten, tauschten beifällige, verständnisinnige Blicke und Zeichen der Genugtuung und Anerkennung! Während sie doch der Anblick dieser Frau in ihrer für sie unerreichbaren Schönheit vor Verlangen und Bedauern hätte erbleichen lassen müssen, so wie es Matthieu immer erging. Übrigens hatte ihn Schönheit, weder im Museum noch in einem Salon, jemals zum Lachen, Weinen oder Nachdenken gebracht. Schönheit hatte ihn immer betroffen und regungslos gemacht. Und voller unterdrückter Sehnsucht und Erregung mußte er dann wieder fort, weit fort von jenem Bild oder jener Frau, die ein idiotisches Schicksal von ihm fernhielt.

# Kapitel 5

So sehr es ihm früher lebensnotwendig erschienen war, Mathilde anzurufen, so komplett verschwunden war dieses dringende Bedürfnis nun, da es als berechtigt gelten mochte. Sie war zu einer Hoffnung wie jede andere geworden, zu einer Art von Pflichtübung gegenüber diesem sentimentalen und nostalgischen Matthieu, dem verträumten und verwundbaren Matthieu, der sich angeblich hinter dem Zyniker und Schürzenjäger Matthieu, dem Schild und der Maske, verbarg.

Einstweilen fuhr er ziellos durch Paris, ohne so recht zu wissen, wohin. Mathilde hatte innerhalb der letzten zehn Jahre die Adresse gewechselt. Sie war von der Rue de Bellechasse in die Rue de Tournon gezogen; sie hatte die flachen Ufer der Seine gegen die Anhöhen von Luxembourg eingetauscht; mit einem Wort: Sie hatte den Boulevard Saint-Germain überquert. Und Matthieu stellte sie sich vor, wie sie in ihrem großen, mit Pelz verbrämten Morgenmantel, barfuß in ihren

Pantoffeln und ihre Tücher um den Hals geschlungen, zerstreut den Boulevard Saint-Germain überquerte. In ihrem Gefolge befand sich eine ganze Schar Liebhaber – diejenigen, die er kannte, die, die er nicht kennengelernt hatte, und die, die er noch nicht kannte –, und alle schwergebeugt unter der Last der Gepäckstücke. Und vor seinem inneren Auge versiegte der Strom der Fahrzeuge auf dem Boulevard, wie das Rote Meer vor den Hebräern zurückgewichen war.

Später dann stellte er plötzlich mit Verwunderung fest, daß er sich in der Rue de Tournon befand – wo es wie zufällig einen Parkplatz gab. Er parkte direkt vor einem Hauseingang, vielleicht dem von Mathilde? Es war mal wieder ein neuer Hauseingang, den er weder gezielt noch bewußt angestrebt hatte. Er stand von allen Seiten gut zu sehen vor der Toreinfahrt, und plötzlich erfaßte ihn panische Angst: Wenn sie nun da war, wenn sie herauskam und ihn sah, wie stünde er dann da, wie sollte er sie dann später noch anrufen? Denn er wollte sie erst später sehen. Später: nach Sonia und nach Hélène. Nach seinen anderen Frauen: diesen Frauen zweiter Wahl, diesen Kopien der Weiblichkeit, von denen er eine sogar geheiratet hatte. Diese Frauen, die er nach ihr zu lieben oder mit Zärtlichkeit zu umgeben versucht hatte … Allmählich wurde er zum taktlosen Rohling, dachte er. Falsch und brutal, richtig fies wurde er. Er übertrieb alles. Und er warf den Motor wieder an und fuhr zu Sonias Wohnung. Dort wollte er halten und sie von einer Telefonzelle aus anrufen – denn Matthieu ging nie zu einer Frau, selbst wenn sie schon seine Geliebte war, ohne sie vorher anzurufen. Aus Höflichkeit, und weil er sich vor Szenen fürchtete. Nichts war ihm so zuwider wie die Rolle des Betrogenen, und wenn er sie schon spielen sollte, dann doch lieber unwissentlich. Kurz und gut, ich bin eben feige, sagte er sich. Feige und eitel.

❧

Seit langem arbeitete Sonia, von Ausnahmen einmal abgesehen, nur vormittags bei ihrem Modeschöpfer und verließ den Salon am frühen Nachmittag. Sie bescherte Matthieu manch wollüstige Siesta: Er brach um ein Uhr vom Büro aus auf, um lächelnd und erholt gegen vier Uhr zurückzukehren, was unter der Bezeichnung Geschäftsessen lief. Er liebte diese frühen Nachmittage, die er seinen Pflichten, der Arbeit und dem gewohnten Tagesablauf abluchste. Oder zumindest hatte er sie geliebt. Denn er stellte fest, daß es schon ziemlich lange her war, seit er nachmittags das letzte Mal bei Sonia vorbeigeschaut hatte; daß er nicht einmal mehr daran dachte und es ihm keinen Spaß mehr machte. Diese frühen Nachmittagsstunden wären ihm jetzt geschmacklos und verlogen vorgekommen. So sehr die Nächte für Verliebte geschaffen waren, so possenhaft wirkten diese Nachmittage. Er hatte keine Lust mehr dazu. Natürlich ging er abends weiterhin mit Sonia aus, aber damit war sein Liebesbedürfnis auch schon gedeckt. Sollte das etwa bedeuten, daß er alt wurde? Oder daß Sonia ihm nicht mehr so gut gefiel? Diese beiden Hypothesen, die ihn tags zuvor noch schwer beschäftigt hätten, schienen ihm heute recht belanglos. Das war der erste Pluspunkt, das erste positive Anzeichen von Gleichgültigkeit, das er seinem neuen Zustand zuschreiben konnte. Sicher würden sich noch mehr davon einstellen.

Als er vor ihrem Haus ankam, fragte er sich, wie er ihr die Neuigkeit beibringen sollte. Unten im Haus gab es einen Blumenhändler, von dem sie in den letzten Jahren nicht zu knapp profitiert hatte – Matthieu dachte schon halb daran, ihr ein paar Chrysanthemen zu kaufen, ihr einen großzügigen Chrysanthemenkredit zu eröffnen, damit sie sich nicht für ihn und sein Grab zu ruinieren brauchte. Leider aber war Sonia durchaus imstande, die Chrysanthemen in eine Vase zu stellen und in Entzücken darüber auszubrechen, als ob es sich um Rosen handelte. Dabei dürfte die Anspielung reichlich klar sein, dachte er und lachte über sich selbst und seine geistreichen Ideen. Er könnte ihr, solange er noch da war, eine kleine, mit Pfeilen markierte Wegbeschreibung schenken, die ihr den Weg von ihrer Wohnung bei Saint Augustin bis zum Friedhof Montparnasse wies, wo seine Familie, wie er sich zu erinnern glaubte, noch ein Grab besaß. Auch das wäre lässig und geschmackvoll zugleich. Viele Ratgeber über gute Manieren hatte er zwar nicht gelesen, aber dennoch bezweifelte er, daß sich ein Kapitel darin fand: »Wie man seiner Geliebten beibringt, daß sie in sechs Monaten keinen oder zumindest nicht mehr denselben Liebhaber haben wird.« Auf alle Fälle wollte er sich gleich morgen um ihre materielle Absicherung kümmern und ihr am besten heute noch sagen, daß dies bereits erledigt sei. Frauen haben da so ihre Ängste, selbst wenn sie blutjung sind und an jedem Finger zehn Verehrer haben.

Schließlich erstand Matthieu die üblichen zwanzig Rosen von jener blaßrosa Sorte, die Sonia so mochte, versuchte dreimal, sie anzurufen, stieg, nachdem die Nummer nach wie vor besetzt war, zu ihr hinauf und klingelte. Sie öffnete. Und er erblickte in einem Sessel einen jungen Mann in Blue jeans und einem dieser Parka von undefinierbarer Farbe, die Matthieu nicht ausstehen konnte. Sie tauschten ein dümmliches, verlegenes Lächeln, das Matthieu für einen Augenblick Erleichterung verschaffte. Ein paar, selbst unverdiente Vorwürfe Sonia gegenüber konnten ihn nun seines Schuldgefühls entheben. Obwohl ihm das überspannt vorkam, hatte er ein schlechtes Gewissen, weil er ihr seinen Tod ankündigen mußte. Dadurch entzog er ihr einen Bestandteil ihres Lebens, an den sie gewöhnt und der ihr wichtig war. Daß er nun gleichzeitig Herold und Held ihres Kummers spielen mußte, stellte für Matthieu eine erdrückende und unangenehme Rolle dar, die mit seinem Hang zur Leichtigkeit kaum in Einklang zu bringen war.

Sonia war rot geworden vor Freude – oder vor Verwirrung? Konnte man das wissen? Auf jeden Fall schnurrte sie und zierte sich sichtlich. Immer schon hatte sie hemmungslos ihr konventionelles Rollenverhalten ausgelebt. Und diese zweideutige Rolle – ob sie das nun war oder nicht – fiel ganz nach ihrem Geschmack aus. Der junge Mann hingegen wirkte zerstreut, fast gelangweilt und eventuellen Lustbarkeiten eher wenig zugeneigt. Außerdem, dachte der praktisch veranlagte Matthieu, trug er viel zu enge Kleidung und dürfte ewig brauchen, bis er sich zum Beispiel aus dieser Jeans herausgeschält hatte. Er würde es sich bestimmt zweimal überlegen, bevor er sich in irgendein verliebtes oder sportliches Gerangel stürzte.

Matthieu ließ sich also in einem voluminösen Sessel nieder und streckte die Beine aus, wobei er diesem Burschen einen wohlwollenden Blick zuwarf. Diese Generation, hieß es, beklagte sich bitter darüber, daß ihre Vorgänger ihnen nicht Platz machen wollten. Nun, diese Jungs müßten ihn, Matthieu, der mit kaum vierzig schon das Feld räumte, eigentlich auf den Schultern tragen.

Er hörte sich selbst eine Weile zu, wie er den hellen Wahn der Mode und die inkonsequente Fachpresse beklagte, sah sich irgendwann dem jungen Mann im Stehen die Hand drücken und vernahm zuletzt ein herzliches: »Bis bald einmal!« Er sah sich auch selbst dabei zu, wie er Sonia, als sie von der Tür zurückkehrte, in die Arme nahm, wie er diesen schmiegsamen, warmen Körper an sich zog, ihr feines Haar an seiner Wange, die rechte Hüfte der Frau gegen seinen eigenen Hüftknochen gelehnt. Er stützte sie, dem unbeweglichen, sinnlichen Tänzer gleich, den er manchmal verkörperte, wenn er sich an eine bereitwillige Frau anlehnte. Sonia lachte. Sie lachte, und Matthieu schämte sich, weil er daran denken mußte, daß sie bald nicht mehr lachen, statt dessen leiden würde und daß er nur hoffen konnte, daß sie möglichst wenig litt. Jedenfalls wäre er dann für einen vielleicht nur lauen Kummer verantwortlich: Sei es, weil er nichts dafür tat, daß sie ihn wirklich liebte, sei es, weil er dessen gar nicht würdig war. Aus purem Egoismus wünschte er sich trotzdem, daß sie bei dem Gedanken an seinen Tod ein wenig Verzweiflung zeigen würde.

Dabei ärgerte er sich über sich selbst. Wenn es etwas gab, dessen er sich rühmen konnte in dieser mehr oder weniger intelligenten Komödie, die sein Gefühlsleben dargestellt hatte, dann das, daß er es im Gegensatz zu vielen anderen Männern immer verabscheut hatte, einer Frau – und sei es auch der eigenen – Kummer zu bereiten.

Doch vielleicht würde es ihm ja Sonia eines Tages sogar noch übelnehmen, daß er ihr nicht genug Kummer bereitet hatte? Daß er mit ihr nicht die kleine Hölle ehelicher Gemeinschaft geteilt hatte? Sonia würde von ihm nur das Beste mitbekommen haben (wenn er das überhaupt so sagen durfte: *das Beste*). Was er ihr gegeben hatte, war lediglich die luftig-leichte, angenehme Seite seines täglichen Lebens gewesen.

Oder war es etwa Hélène, die am meisten leiden würde? Hélène, der er auch seine übelsten Seiten gezeigt hatte und die sich schon jetzt nur an diese erinnern konnte? Aber sie tat ihm unrecht. Matthieu hatte ihr weder das eine noch das andere gegeben. Und zwar, weil es bei ihm das Übelste im Grunde genommen gar nicht gab. Er besaß dergleichen nicht. Er hatte nur weniger gute oder besonders unangenehme Seiten aufzuweisen. Und außerdem hatten sie auch oft genug die beste Seite des Partners erlebt, selbst wenn sie es heute abstritt.

Vielleicht sollte er besser den Mund halten? Einmal wenigstens sie zu ihrem und nicht zu seinem Vorteil anlügen. Einfach den Mund halten. Aber er wußte jetzt schon, daß er das keine sechs Monate durchhalten würde. Und eines Tages dann würden sie alles erfahren und denken, er hätte sie von Anfang an und sogar über dieses Thema belogen. Sie würden denken, er hätte sie nicht gebraucht, hätte ihnen nicht zugetraut, daß sie ihn trösten könnten, auch wenn sie gar keinen gesteigerten Wert darauf legten ... So viele Leute reagieren schließlich gekränkt, wenn man sie nicht um einen Dienst bittet – den sie einem dann doch nur abschlagen würden. Nein, das hätte keinen Sinn. Auf jeden Fall, wisperte ihm, immer noch hartnäckig, der Casanova-Dussel Matthieu ins Ohr, auf jeden Fall mußte er es beiden Frauen unbedingt am selben Tag sagen. Und melancholisch überlegte er sich, daß es weitaus weniger intensiv und amüsant sein würde, diese Szene an ein und demselben Tag zweimal durchspielen zu müssen. Verschwendung war das! Na ja, zumindest würde er sich durch diesen Ansturm von Emotionen viel zu sehr mitgenommen fühlen (denn es würde ihn schreckliche Rührung überkommen, dessen war er sich sicher), als daß er sie noch miteinander vergleichen könnte.

Im übrigen lohnte es nicht, Lügenmärchen aufzutischen oder sich irgendwelche Alternativen auszudenken: Es gab schlichtweg keine. Seit heute morgen wußte er, daß er bald sterben mußte; und nun stürzte er zu seinen Frauen, damit sie ihn bedauern konnten und ihm dabei halfen, an etwas anderes als seine Angst zu denken. Er wollte nicht versuchen, in seinem Alter noch alles zu ändern, alles umzukrempeln. Es gab da einen Code, eine persönliche Tradition bei ihm, dem wollte er treu bleiben.

Wirklich, das Grauenhafte war nicht, daß er in sechs Monaten sterben mußte, sondern daß er es wußte. Die Todesstrafe war wirklich eine entsetzliche und verantwortungslose Strafe. Und wirklich, sein Arzt war ein echter Trottel.

»So ein elender Trottel!« knurrte er und fing zu lachen an.

»Führst du Selbstgespräche?«

Tatsächlich. Er baute allmählich ab. Es wurde Zeit, daß er von der Bühne abging.

»Ich muß mit dir reden«, platzte er heraus.

So, der Anfang war geschafft! Seine Pflicht war erfüllt. Seit zwei Jahren teilte sie, scheinbar nach wie vor beglückt, Leben und Bett mit ihm. Er wagte nicht, sich gefühlsmäßig von ihr zu lösen.

»Mein armer Schatz!« sagte er.

Und plötzlich schossen ihm die Tränen in die Augen, so daß er sie schließen mußte und sein Gesicht in Sonias Haar barg.

»Armes Kleines!«

Verzweifelt und ungläubig beobachtete er sich

selbst, wie er über sie und sich selbst weinte. Der vertrauensvolle kleine Junge, der verletzliche und weltoffene junge Mann, der er gewesen war, all diese Matthieus führten nur zu einem: zu dieser quälenden und grausamen Strafe! Was für eine Gemeinheit! Wie unerbittlich und idiotisch! Eine Art Gefühlskrampf würgte ihn, zerriß ihn, zerrte in ihm und an ihm. Dann kehrte ihm das Blut in die Kehle zurück, die sich noch enger zuschnürte und ihm sowohl Sicht als auch Gehör umnebelte. Etwas, das stärker als alles Bisherige mit ihm verbunden war, litt unbeschreiblich und bäumte sich gegen ihn auf. Sein ganzer Körper war aufständisch geworden, krank und schier besinnungslos vor Angst. Es war ein einsamer, angespannter und berechtigter Schmerz, der ihm in die Glieder, in die Hände strömte. Das Licht schwand.

Und gefangen in diesem Krampf, diesem langen, scheußlichen Schluchzer und dieser inneren Spaltung, gestand er sich ein, daß er nun dem Schmerz freien Lauf ließ. Daß dieser Schmerz niemals mehr völlig vergehen würde. Selbst wenn er hundert Jahre lebte. Daß es von nun an in seinem Leben die Zeit »vor« und die Zeit »nach« diesem Augenblick geben würde. Es war der Augenblick, als er sich verbissen, erfüllt von Abscheu, Haß, ohnmächtiger Wut und Verzweiflung darüber, daß er »das da« über sich ergehen lassen mußte, vor der Wahrheit und der Macht seines

Todes gebeugt hatte. Es war der Augenblick, da er dem Ansturm feindseliger Empfindungen nachgegeben hatte. Sie waren ihm fremd, er verabscheute sie und hatte sie bisher niemals in sich hochkommen lassen. Plötzlich aber hatten sie ihn ernstlich an der Gurgel gepackt, hatten sich als die seinen zu erkennen gegeben und würden nun, während der sechs Monate, die ihm noch blieben, seine schlimmsten Feinde sein. O nein! Von Ekel erfaßt, stöhnte Matthieu auf. Es war ihm, als hauchte er bereits seine Seele aus. Und indem er Sonias Körper losließ, sonst aber nirgendwo Halt zu finden wußte, schlang er beide Arme fest um den eigenen Leib.

»Du bist krank«, sagte Sonia, scharfsinnig wie immer.

Das war keineswegs eine Frage: Matthieu vor sich herschiebend, drängte sie ihn zum Sofa, wo sie sich neben ihn fallen ließ. Über ihn gebeugt, sah sie ihn mit angsterfüllten Blicken an.

»Du bist krank, Matthieu. Was hast du? Sag mir doch, was du hast! Matthieu, ich weiß, daß du krank bist!«

Er sah sie von unten her an. Er betrachtete dieses schöne Gesicht, diese schönen Augen, die schöne Nase, den hinreißenden Mund und diese strahlend weißen Zähne. Und während er sie betrachtete, überlegte er, wie jammerschade es doch war, daß er dennoch nicht rasend verliebt in sie war. Sehr schade und sehr ungerecht. Aber auch sehr bequem. Denn wie, wenn er auch noch verrückt nach ihr gewesen wäre, hätte er sich damit abfinden sollen, daß er dieses Gesicht zurücklassen mußte? In seiner Not lächelte er sie an und versuchte sie weniger über seinen Gesundheitszustand als über die Gefühle, die er ihr entgegenbrachte, zu beruhigen.

»Antworte mir!« sagte sie. »Matthieu, ich bitte dich, antworte mir!«

Und plötzlich brach sie über seiner Schulter zusammen und begann zu weinen. Ich habe ihr noch gar nichts gesagt, und schon weint sie um mich! Matthieu haderte mit sich. Ich muß mit meiner Geheimniskrämerei reichlich trübselig wirken. Natürlich rührten ihn ihre Tränen. Aber es wäre ihm lieber gewesen, wenn sie ihn, bevor sie diese vergoß, etwas mehr ausgefragt hätte.

Er fühlte sich gezwungen, diesen bisher grundlos fließenden Tränen Berechtigung zu verleihen.

»Es ist ein scheußlicher Tumor, an der Lunge«, sagte er.

Sie schöpfte Atem, richtete sich auf und rückte mit schräg angezogenen Beinen auf dem Sofa dicht an ihn heran.

»Ich hätte dir aus dem Weg gehen sollen«, flüsterte sie endlich mit bebender Stimme. »Ich bringe nur Unglück! Sieh mal, erinnerst du dich: vor zwei Jahren ... meine Mutter! Im vergangenen Winter … Anne-Marie! Und nun … du! O nein! Ich verkrafte das nicht! Das ist einfach zuviel!«

Und wieder brach sie in Tränen aus. Es war ihm unangenehm, unversehens Mitglied in einem Verein geworden zu sein, den er in gesunden Zeiten wie die Pest gemieden hätte, da es nunmal der Verein der Sterbenden war. Und obendrein sah sich Matthieu plötzlich als einen von vielen Gründen für Sonias Kummer. Er war keineswegs der einzige. Ich werde sie doch wohl nicht auch noch bemitleiden müssen! dachte er und wurde ärgerlich.

»Ich schwöre dir, daß ich bisher nicht im Traum daran gedacht habe, mich zu den Seelen deiner Mutter und deiner besten Freundin zu gesellen«, sagte er in schleppendem Tonfall.

Gleich kam das schlechte Gewissen, gleich …!

»Mein armer Liebling«, rief sie, »und ich sitze hier und jammere! Sag, bist du sicher, daß es dir noch gutgeht?«

»Aber ja. Ganz bestimmt. Drei Monate lang werde ich mich jedenfalls noch ganz munter fühlen.«

»Und Röntgenstrahlen, Chemotherapie und der ganze Kram bringen natürlich rein gar nichts!« meinte sie bitter und ließ damit die jüngsten Erkenntnisse der Krebsforschung samt deren mehr oder weniger brillanten oder dauerhaften Siegen, die von den Medien stolz kommentiert worden waren, in der Versenkung verschwinden. Aber nein, sie gestand ihm vielmehr sofort zu, daß er an der denkbar schwerwiegendsten, unheilbarsten und definitivsten Form aller Krebsleiden erkrankt war. Nachdem sie vom Hang ihres Liebhabers zu Extremen wußte, war das für sie keine Frage.

»Eine Behandlung würde tatsächlich nicht sonderlich anschlagen«, sagte er. »Im Augenblick jedenfalls ist da nichts drin.«

»Denk nur, allein die Vorstellung, dich kahl sehen zu müssen ... ganz abgemagert und wächsern im Gesicht, weißt du ... du ... nein, das hätte ich niemals ertragen!« klagte sie und ließ sich dabei ins Sofa zurückfallen. »Nicht du! Nicht du!« rief sie nochmals aus, und Matthieu fühlte sich geschmeichelt und gleichzeitig bestürzt, daß seine körperlichen Reize nicht imstande sein sollten, zumindest in ästhetischer Hinsicht den Verlust seiner Haare und den blasseren Teint aufzufangen.

»Ich hätte dich gepflegt, weißt du!« schluchzte sie.

Etwas betreten sah er sie an. Sie war tränenüberströmt, Gesicht und Augen waren vom Weinen verquollen, der Mund häßlich verzogen. Nein, nicht gerade eine Schönheit, in den dramatischen Augenblicken des Lebens ...! Aber wer war das schon?

»Sind sie sicher, daß man rein gar nichts unternehmen kann?« fragte sie noch einmal, offensichtlich mehr, um auch mit dieser Eventualität abzuschließen, als aus einer verzweifelten Hoffnung heraus. Zu Sonias Einfalt gehörte auch, daß sie auf klare Lösungen versessen war, auch wenn dies oftmals ihre törichte Denkweise erst so richtig an den Tag brachte.

»Wie lange noch?« hauchte sie Matthieu ins Ohr. Sie sagte es ganz leise, wie etwas Unanständiges oder ein Geheimnis, das ein unter ihrem Sofa versteckter, böser Gott womöglich eiligst entschleiern oder zurechtrücken könnte.

»Noch sechs Monate, davon drei, die normal verlaufen dürften«, antwortete Matthieu, der sich nach der heftigen Erschütterung von vorhin zu seiner eigenen Überraschung ein wenig zu langweilen und eher interessiert als mitfühlend die Reaktion seiner Geliebten zu beobachten begann.

»Wir werden in diesen Monaten unzertrennlich sein, versprichst du mir das? All deine Zeit mußt du mit mir verbringen, versprich es mir!«

»Aber natürlich! Selbstverständlich werden wir uns oft sehen. Ich werde mehr Zeit für mich haben«, sagte er aufs Geratewohl, wobei ihm eigentlich nicht ganz klar war, ob er gerade log oder nicht. Er hatte den Eindruck, daß das Schlimmste überstanden war, und war erst einmal diese Szene überstanden, würde das Leben in der kleinen Wohnung dieser Frau absolut identisch weiterlaufen.

»Und du wirst ... du wirst mich lieben können wie bisher auch?« fragte sie mit niedergeschlagenen Augen.

Es war ihm natürlich klar, daß Sonia mit einer gewissen Aversion – die Arzthelferin war schließlich auch abtrünnig geworden – gegen die Krankheit reagieren könnte, doch allmählich fühlte sich Matthieu wie einer jener Maiskolben, die man Korn für Korn bis auf den Strunk abnagt. Unterdessen setzte sich die Konversation, mal hierhin, mal dahin hüpfend, fort. Sonia erging sich in überspannten Ausrufen.

»Aber was soll ich bloß ohne dich anfangen?« klagte sie gerade, wobei sie ihre Hände um Matthieus Hals legte und ihn unverwandt anblickte. Und er sah, wie sich vor ihrem geistigen Auge nicht die vergilbten Filme der Vergangenheit sondern die noch nicht entwickelten der Zukunft abspulten: die Abende, die sie ohne Mann am heimischen Herd verbrachte, die Abende, an denen sie allein auf Cocktailpartys ging und ohne Begleiter in ihr Bett nach Hause zurückkehrte. Wenn man sie so ansah, waren solche Abende recht unwahrscheinlich. Sie waren eher die Ausgeburt seines einfältigen Herzens und stimmten ihn weich, rührselig, wie sie waren. Um sie zu beruhigen, tat er, als verstünde er sie nicht.

»Mach dir keine Sorgen um deine Zukunft«, sagte er. »Ich habe mich bereits um alles gekümmert. Ich werde dich nicht verloren und hilflos auf dieser Welt zurücklassen, mein Schatz.«

»Aber ja, natürlich läßt du mich verloren zurück! Und hilflos, doch, doch!« schluchzte sie.

Es war im Grunde genommen bedeutungslos, welches ihre erste Gefühlsregung war, sagte er sich mit einer Art bekümmerter Dankbarkeit. Nein, sie liebte ihn um seinetwillen. Sie liebte ihn mehr schlecht als recht, aber sie liebte ihn um seinetwillen. Und sie würde sich in der ersten Zeit in ihrem großen Bett nach ihm sehnen. In der ersten Zeit … Bis der Anstand oder das Bedürfnis es ihr erlaubten, Matthieu durch einen anderen Mann zu ersetzen, der sinnlich und gesund und wie er von ihren Reizen hingerissen war. Nein, wenn Sonia auch relativ bescheiden war und keine übermäßig hohen Ansprüche stellte, so war sie sich doch bewußt, daß ihr Körper durchaus imstande war, sie noch lange zu ernähren; was das betraf, hatte sie Matthieu nicht wirklich nötig.

»*Du* ziehst dich aus der Affäre! Ich muß bleiben! Ich muß die ganze Qual durchmachen!«

»Ich doch auch.«

»Körperlich? Ich weiß, was das heißt: körperlich. Das ist nichts im Vergleich. Und außerdem, nicht lange Zeit … du hast es selbst gesagt: drei Monate … Das ist etwas ganz anderes!«

»Du hast ja recht«, sagte er. »Aber trotzdem bin ich mir nicht sicher, ob das so angenehm sein wird … Was ich möchte, ist, daß du mir sofort Bescheid sagst, wenn … na ja, sobald ich dir nicht mehr gefalle …«

»Das hättest du mir nicht zu sagen brauchen!« (Mit einem bewundernswert an verletzten Stolz erinnernden Gesichtsausdruck richtete Sonia sich steil auf.) »Glaubst du, ich simuliere, mein Liebster? Daß ausgerechnet du mir so was sagen mußt! Mir …! Also, ich werde mir keinen Zwang antun … Aber was wird dann aus unseren Erinnerungen?!«

Und ihre Tränen flossen doppelt und dreifach. Er war äußerst verwirrt von Sonias Reaktion und daß er sich auch noch darüber amüsierte. Sie war egoistischer, als er gedacht hatte – und teilnahmsloser. Sie war standfester und optimistischer. Alles in allem war sie weniger sentimental und dafür um so widerstandsfähiger. Kurz: Sie liebte in erster Linie sich selbst. Sich und seit zwei Jahren eben auch Matthieu, weil es ihr gerade gut ins Konzept paßte, ihn zu lieben. Es war nicht nötig, alles zu verkomplizieren. Zumal sie bis zum Schluß perfekt sein würde. Er war verrückt, ging es ihm durch den Kopf, er hatte keine Kontrolle mehr über seine Gedanken, alles sah er um drei Ecken herum, er verstand gar nichts mehr.

In Wirklichkeit hatte er sehr schnell wieder begonnen, sich mit ihr zu langweilen, wollte sich dies aber nicht eingestehen: Es war nicht der rechte Zeitpunkt, um sich zu langweilen, das wußte er! Und trotzdem! Trotzdem, seit dieser Erschütterung von vorhin, deren Wiederholung er mehr als alles andere fürchtete, seit dieser Krise und vor allem, seitdem es ihm gelungen war, sich zu fangen und wieder Herr seiner selbst zu werden – ein grausamer Herr, der ihm aber näherstand als das panische Ungeheuer davor –, seit diesem nie zuvor gekannten krampfartigen Schwächeanfall dachte er nur noch an eines: weg von hier … Und war er erst einmal draußen, mußte er sich unbedingt vergewissern, daß dieses morbide, verängstigte und masochistische Individuum dort oben geblieben war, um gemeinsam mit Sonia zu flennen und greuliche Rührseligkeiten vor sich hinzumurmeln. Ob dieser wehleidige Roboter nur in diesem Boudoir, in Sonias Armen, zum Leben erwachte …? Dann wollte er sie nie wiedersehen. Vielleicht handelte es sich auch nur um eine der künftig zu erwartenden Ungereimtheiten … Womöglich war er einem seiner Schattenbilder, einem seiner unbewußten und einsamen, störenden und verbitterten Doppelgänger begegnet, die der Krankheit entsprangen und ihm die kommenden Monate hindurch Schritt für Schritt auf den Fersen bleiben würden.

Wie viele dieser Silhouetten, Imitationen und

Abziehbilder würden wohl auftauchen? Wie viele Wracks seiner selbst würden stranden und sich in besinnungsloser Angst untereinander bekämpfen in diesem trostlosen und lächerlichen Duell: Tod gegen Leben, Leben gegen Tod. Unwillkürlich begann er sie in seinen Überlegungen gegeneinander auszuspielen. Aber warum führe ich eigentlich Zwiegespräche mit mir selbst? dachte er aufgebracht. Ich bin ich, Matthieu. Noch lebe ich. Und ich fühle mich lebendiger denn je. Die ganze Sache interessiert mich nicht. Ich sehe nicht den geringsten Sinn darin. Alles, was ich darüber weiß, zeigt mir das Gegenteil dessen, woran ich hänge. Das Gegenteil des Lebens, meines Lebens. Ich bin ja sogar bereit zu leiden, aber alles zu seiner Zeit, nicht einfach aufs Geratewohl, egal, ob ich nun körperliche Schmerzen oder einen dieser Angstzustände erleiden muß, wie sie sonst bei pubertierenden jungen Mädchen üblich sind. Und er verspürte große Lust, sich selbst zu ohrfeigen. Da Sonia eben mal kurz verschwunden war, um sich ein Aspirin zu holen, konnte er es sich erlauben, das Gesicht vor Beklemmung und Ärger verkniffen, tief aufzuseufzen.

Durch diese Szene hatte sich Sonia nämlich (wie bei allen Szenen) trotz ihres außergewöhnlichen Ernstes »ihre Migräne eingehandelt«. Nachdem aber Sonia nun schon seit gut zehn Minuten nach ihren Tabletten suchte, fragte sich Matthieu in einer Anwandlung von Boshaftigkeit, wie man bloß so oft an einem Organ leiden konnte, das man doch so selten in Anspruch nahm. Matthieu, der dieses Thema bislang gemieden hatte, fand plötzlich diese Anmerkung durchaus angebracht: »Der übermäßige Gebrauch deiner Gehirnzellen kann sie ja wohl kaum so angreifen«, erklärte er in schulmeisterlichem Ton, als sie zurück war.

So schulmeisterlich, daß Sonia einen flüchtigen Augenblick lang daran zweifelte, daß seine beleidigte Reaktion echt war. Aber dann erschien ihr die Situation doch zu ernst für Ironie – selbst von seiten Matthieus.

»Du meinst, ich bediene mich nicht genügend meiner Intelligenz? Ist es das?«

»Aber nein, ganz und gar nicht! Sagen wir lieber, du versuchst nicht oft genug, deine geistigen Fähigkeiten auszuschöpfen ... Du kennst ihre Grenzen – wie ich im übrigen auch – und gedenkst sie nicht zu sprengen.«

»... Was offenbar bedeuten soll, daß ich ein dummes Huhn und obendrein ganz zufrieden damit bin?«

»Liebling«, rief Matthieu mit geweiteten Augen, »wir reden vollkommen aneinander vorbei! Liebling!« (Er vergaß den Hamster, Gaubert, die Bar und sein trauriges Los: Genau so oder zumindest fast so wie der Weißwein rehabilitierte ihn dieses Spielchen.)

»... Liebling, im Gegenteil! Ich will damit sagen, daß du dich deiner geistigen Fähigkeiten bedienst, ohne deshalb anmaßend zu sein. Ich will sagen, daß du, Gott sei Dank, der Abstraktion aus dem Wege gehst und dir dies bemerkenswert gut gelingt!«

Mit besänftigter Miene, aber immer noch argwöhnischem Blick stand sie vor Matthieu und überwachte ihre sich auflösenden Tabletten. Das tat sie mit der Gewissenhaftigkeit, die sie bei ihren »persönlichen Angelegenheiten«, also bei all den kleinen Dingen an den Tag zu legen pflegte, denen sie neben ihrem Geliebten – wenn auch mit dessen Hilfe – nachging: ihren Krankheiten, der Versicherung, der Miete, den Steuern. Eine Unmenge von Kleinigkeiten, die sie trotz seines Angebotes nicht auf ihn oder vielmehr auf seine Sekretärin hatte abwälzen wollen – lästige Aufgaben im Grunde, die sie eifersüchtig selbst erledigte, als handelte es sich dabei um einen Schatz höchst privater Besonderheiten und ihm unbekannter Besitzansprüche. Weswegen sie ihn für gekränkt hielt, während er sich statt dessen die Hände rieb – heimlich, selbstverständlich.

In diesem Augenblick nun starrte sie, ihren schönen Hals über das Glas gebeugt, noch immer ihren längst entschwundenen Aspirintabletten nach, und dies möglicherweise mit einer größeren Aufmerksamkeit, als sie sie in sechs Monaten für Matthieus Entschwinden aufbringen würde. Denn ihr angenehmer Lebensstil, die Schecks, die von ihrem Gehalt für ihre Versicherung abgingen – auch wenn Matthieu diskret einen Großteil davon bezahlte –, all das war Bestandteil ihrer Würde, Freiheit und Persönlichkeit, kurz der Existenz der Sonia B. …, der ernst zu nehmenden Seite dieser Existenz und somit ihrer Gesundheit, ergo ihrer Aspirintabletten und deren Bläschenbildung im Glas …

Unglücklicherweise wirkten Frauen auf Matthieu nie so ernst zu nehmend, wie wenn sie nackt waren. Auch wenn er wußte, daß Sonia ihre Würde anders zur Geltung zu bringen wünschte; und daß sie sich nur dann als freie und verantwortungsbewußte Persönlichkeit fühlte, wenn sie angezogen war und sich in dem ihrer Zeit gemäßen gesellschaftlichen oder beruflichen Umfeld bewegte. Sicher, Matthieu imaginierte sich selbst auch nicht gerade auf einer Bettkante sitzend, wenn er sich besser definieren wollte. Aber es wäre ihm nicht unrecht gewesen, wenn eine Frau dies mit ihm getan hätte. Eine solche Personenbeschreibung hätte er als eine der zutreffendsten, die ihm je untergekommen wären, akzeptiert.

»Na? Allmählich vorüber, deine Migräne?«

»Von wegen! Sie ist psychisch bedingt, sagt mein Arzt. Ein erster Gefühlswirbel, ein seelischer Schock …, und schon geht's wieder los …«

»Mein armer Schatz! Und alles nur meine Schuld!« meinte Matthieu sanft, mit einem lammfrommen, demütigen und ergebenen Lächeln, das seine Geliebte eigentlich hätte mißtrauisch machen müssen.

Leider hob Sonia nur zerstreut die Schultern und murmelte auch noch nachsichtig: »Du kannst ja nichts dafür!« Da loderte kalter Zorn in Matthieu auf. Das ist zuviel! Das ist nun wirklich zuviel, schoß es ihm durch den Kopf. Nicht genug damit, daß er Sonia an seiner Aura zweifeln ließ und ihr erlaubte, seinen Namen auf die traurige Liste der jüngsten Todesfälle zu setzen, nein, er verursachte ihr obendrein Migräne ... Sollte er sich vielleicht noch dafür entschuldigen, und da er schon so schön dabei war, auch noch gleich für seinen eigenen Tod Abbitte leisten?

»Hat dein Doktor eigentlich nicht mal in Betracht gezogen, daß dir die Leere im Herzen plus die im Gehirn diese grauenhaften Schmerzen verursachen könnten? Sorglosigkeit, Gedankenlosigkeit, ja sogar Gefühllosigkeit?«

»Du hast es mir ja bereits zu verstehen gegeben. Ich lebe wie eine egoistische und hartherzige kleine Gans.«

»Das mit der kleinen Gans jetzt mal beiseite. Das mußt du doch einsehen, Sonia, du jammerst über deine Migräne, während ich in sechs Monaten unter der Erde liegen werde, du mußt einsehen, daß das ... daß ... na ja, daß mich das einigermaßen in Erstaunen versetzt!«

Er fühlte sich schäbig, lächerlich und trivial in diesem wilden Wettstreit der Leiden und Schmerzen. Und wenn er tausendmal recht hatte, was bedeutete das schon! Sein Tod stürzte sie eben nicht in Verzweiflung; oder besser gesagt, ihre Verzweiflung war überdeckt von ihrer Migräne ... Na, und? Am besten, er hielt sich damit gar nicht erst lange auf. Vielleicht sollte er es einfach so schnell wie möglich vergessen.

»Nun ja, eigentlich hast du recht«, sagte er lachend. »Kümmern wir uns um das Wichtigste zuerst: Im Augenblick geht es mir gut und dir nicht. Kümmern wir uns also erst einmal um dich. In sechs Monaten sehen wir dann weiter!«

Ein beunruhigter, fast verdrossener und ängstlicher Ausdruck hatte sich auf Sonias Gesicht breitgemacht und nahm ihr mit einem Mal die ganze Schönheit. Zugleich verlieh er ihr jenes undefinierbare – zwischen ihrem eigenen und dem ihrer Mutter anzusiedelnde – Alter, mit dem die Aggressivität so häufig Frauengesichter zu verunstalten pflegt. Doch sofort fing sie sich wieder. Sie schlug sich mit der flachen Hand gegen die Stirn – der Heldin eines besonders schlechtgemachten B-Filmchens ähnlich – und warf sich Matthieu in die Arme, ohne ihr Aspirin angerührt zu haben. Die Wolke entschwand, und sie verwandelte sich wieder in die bildhübsche, reizende Person, welche die Güte hatte, Körper und Seele ganz Matthieus Gelüsten zu widmen.

»Liebling!« sagte sie. »Mein Schatz, du hast ja so recht! Wie konnte ich nur ... Ich weiß nicht ... Ich bin so durcheinander, ich weiß einfach nicht, was in solchen Fällen zu tun oder zu sagen ist! Ich habe Angst, dir noch mehr weh zu tun! Ich weiß nicht mehr, was ich tun soll! Sag du es mir! Du hast mir beigebracht, glücklich zu sein, Matthieu, bring mir nun bei ...«

Sie brach ab.

»Ich werde dir gewiß nicht beibringen, wie man unglücklich ist«, sagte Matthieu sanft. »Jedenfalls nicht mit Absicht. Im Gegenteil, ich werde alles versuchen, damit du es nicht wirst.«

Es stimmte schon: Diese Situation hob sie gewiß ebenso aus den Angeln wie zuvor ihn. Möglich, daß ihr diese Rolle genauso aufgesetzt und erdrückend vorkam wie ihm die seine. Mit welchem Recht erwartete er soviel Feingefühl, Tiefe und Wärme von anderen für seinen Kummer, wo er sich selbst doch so wenig abverlangte? War er etwa so bewundernswert, daß er nicht den Mond anheulte und sich am Boden wälzte? Was machte er denn sonst schon Überwältigendes? Arme Sonia! Schöne, bezaubernde Sonia! Die sich vielleicht nur deswegen in Egoismus flüchtete, weil sie gar nicht wußte, was Zärtlichkeit bedeutete. Es war hart für seine Zeitgenossen: Sie gehörten einer Epoche an, die sich dadurch auszeichnete, daß man alles – inklusive dem Unnötigen – zu sehen und zu hören bekam. Kein Wunder, daß niemand mehr irgend etwas Ausdruck verleihen konnte, höchstens dann und wann einer maßlosen und leidigen Gier nach Geld oder apathischen Neigungen und einem zuweilen tödlichen Hang zur Flucht – denn das Vergnügen selbst war zu einer teuflischen Gefahr geworden.

Arme, kleine Sonia, dachte er, während er sie in die Arme nahm. Denn sie war verwundbar wie alle kleinen Mädchen, auch wenn sie noch so groß, gewitzt und erwachsen geworden waren. Arme Sonia, über die ihm vor gar nicht allzu langer Zeit erst klargeworden war, daß es gerade ihre Einfalt war, die ihn, Matthieu, den netten Matthieu, reizte. Oder vielmehr die Reaktion, die diese Begriffsstutzigkeit seiner Geliebten bei seinen anspruchsvollsten Freunden hervorrief, die ihr mitleidige und gleichzeitig lüsterne Blicke zuwarfen, wenn sie sich in die Konversation einmischte. Diese Blicke waren im Grunde dazu bestimmt, ihn zu ärgern, entfachten aber statt dessen seine Begierde von neuem. Sein Verdruß über das, was er sie sagen hörte, stachelte sein Verlangen nach ihr an.

Dieser typisch bürgerlichen, banalen Würze, dieser Wesensverwandtschaft von Verachtung und

Verlangen war er früher oft in den seichten Büchern der elterlichen Bibliothek begegnet. Er hatte nicht daran glauben wollen und sogar dagegen aufbegehrt. Konnte man denn eine Frau lieben, ohne Achtung für sie zu empfinden, sie anbeten, ohne an sie zu glauben, verrückt nach ihr sein, ohne sie zu bewundern? O ja, man konnte! Und noch dazu war es bequemer, unkomplizierter. Matthieu hatte fast vierzig Jahre gebraucht, um diese sinnliche Oberflächlichkeit zu begreifen. Trotzdem führte er Sonia nach wie vor zu Diners aus, in deren Verlauf ihre Dummheit bei der einen oder anderen Gelegenheit eklatant, und zwangsweise von helleren Köpfen nicht unbemerkt, zum Ausbruch kam. Die ironischen Blicke ringsum weckten jedoch nur sein eigenes Verlangen.

Vielleicht war das bei ihm eine instinktive Ablehnung gegenüber Hélène, vielleicht auch nur jene den Männern ureigene Tendenz, die Frauen zu unterschätzen. Er hatte nie darüber nachgedacht, sich damit ganz einfach zufriedengegeben. Und für ihn, Matthieu, unterschied sich Sonias Intelligenz weniger von der eines noch so brillanten Geschäftsmannes als letztere von der eines einigermaßen begabten Philosophiestudenten. Die wirkliche Rangordnung sah so aus: Nach zehn Jahren machte die Materie, an der man seine Intelligenz schliff, den Unterschied aus, und nicht der Grad dieser Intelligenz.

»Was verstehst du eigentlich darunter, intelligent zu sein?« stöhnte Sonia in jenem kindlichen Tonfall, in den manche Frauen über dreißig gern verfallen.

»Ich weiß nicht«, sagte er. »Vielleicht, wenn man auf eine Frage so viele Standpunkte wie möglich parat hat … und sie ändern … und neu dazulernen kann …«

»Aber man lernt doch dauernd dazu, da man auch dauernd seinen Standpunkt ändert!«

»Nein, nein! Je mehr Zeit vergeht, um so mehr nimmt man die Standpunkte an, die den eigenen Interessen, der eigenen Bequemlichkeit, dem eigenen Freundeskreis oder dem täglichen Leben am nächsten liegen. Man schrumpft gewissermaßen zusammen und reduziert seine Aufmerksamkeit und seine Standpunkte. Ganz allmählich wird man zum echten Trottel, zum alten Trottel. Wenigstens das wird mir erspart bleiben! Ich werde immer nur ein junger Trottel, und später dann ein nicht mehr ganz so junger gewesen sein.«

»Sei doch still, Matthieu! Ich bitte dich, sei still!«

Und endlich tat Sonia, was sie von Anfang an hätte tun sollen: Sie zog ihn an sich und bedeckte sein Gesicht mit Küssen, dann seinen Hals, seine Schultern, seine Hände und huldigte so dem Leben, das er noch in sich pulsieren fühlte, diesem waghalsigen und sinnlichen Leben, das ihm nicht eine Sekunde lang mit dem vereinbar schien, was sein Gehirn ihn seit bald sechs Stunden glauben machen wollte.

❧

Eine Stunde später lag Matthieu neben der schläfrigen Sonia und beobachtete auf dem Teppich einen Sonnenstrahl. Das Licht hatte sich durch die schweren Vorhänge gestohlen, die ihr Liebesspiel vor dem hellen Nachmittag verbargen. Matthieu fühlte, daß er genau da war, wo er zu seinem Wohlbefinden und innerem Halt hingehörte. Er war auf der Höhe seiner Pflicht und seiner Rechte. Er fühlte sich wohl, entspannt und abgelenkt, er fand zurück zu dem, was sein Leben wirklich ausmachte. Nur, daß er sich zum ersten Mal fragte, wie er dazu kam, die Schläge seines Herzens und das Ticken seiner Uhr zu zählen und zwischen diesen beiden Größen einen Bezug herzustellen – einen unlogischen, da er ja kein Fieber hatte. Und er fragte sich, weshalb er sich so gräßlich langweilte.

Sonia bereitete ihm einen herzzerreißenden Abschied: Noch am gleichen Abend solle er wiederkommen! Morgen …?

»O nein! Bitte nicht erst morgen: heute abend! Bis morgen ist es noch so schrecklich lang hin. Nur ein Stündchen am Abend!« Es war, als traute sie ihm nicht über den Weg, als sei er imstande, schneller als angekündigt zu sterben, als könne ihr Liebhaber den Zeitpunkt seines Todes ganz eigenmächtig selbst bestimmen.

»Nur die Ruhe! Mir bleiben immerhin noch sechs Monate!« hätte er beinahe gesagt, aber ihr lag so viel an einem schmerzlichen und besorgten Abschied, daß er nicht den Mut aufbrachte, ihr diesen abzuschlagen. Und so ging er rückwärts zu ihrer Tür hinaus, wobei er auch noch fast die Treppe hinuntergestürzt wäre und sich dabei weh getan hätte. Was freilich nicht weiter schlimm, sondern eher lächerlich gewesen wäre. Jeder Sturz, jeder Schnupfen würde von nun an überflüssig wirken. Auch das durfte er nicht vergessen.

## Kapitel 6

Aufgemuntert verließ er Sonias Haus. Alles in allem war es besser für sie, genau wie für ihn, daß er nicht in eine leidenschaftliche Romanze mit ihr verstrickt war. Es wäre für ihn zum Beispiel entsetzlich gewesen, durch etwas so Banales wie eine Krankheit von Mathilde – damals, als sie ihn noch liebte – getrennt zu werden. Denn mit einem Schlag hätte der Krebs seinen abgedroschenen, erbärmlichen Aspekt verloren und wäre zum Gipfel der unpassenden Grausamkeit geworden: ein Hindernis und kein unabwendbares Schicksal. Resigniert ging er mit Sonia auf den Tod zu, während er mit Mathilde auf die Liebe hätte zustreben wollen und der Tod nur eine grausame Umleitung gewesen wäre. Wäre dagegen Mathilde gestorben, wäre das weit schlimmer gewesen ... und trotz seiner Niedergeschlagenheit fühlte er sich irgendwie erleichtert: Wenigstens das Schlimmste blieb ihm erspart.

Es war kurz vor fünf, und er war für halb sechs verabredet: ein Geschäftstermin, aber bis dahin ...

Er sollte sich vielleicht etwas mehr über seine Krankheit informieren. Zu dieser Kassandra von heute morgen, diesem Doktor Hamster, zurückzukehren kam allerdings nicht in Frage. Auch einen anderen Arzt wollte er nicht konsultieren. Der würde ihm ohnehin nur dieselben Untersuchungen verordnen und ihn aus berufsethischen Gründen, wie es so schön hieß, an den behandelnden Arzt zurückverweisen. Nein, er würde ein passendes Buch kaufen. Nicht weit entfernt, erinnerte er sich, gab es eine medizinische Fachbuchhandlung. Dort fand er ein Werk mit dem Titel *Das Karzinom in seinen vielfältigen Erscheinungsformen*, und nachdem er sich von dem Buchhändler hatte bestätigen lassen, daß »Karzinom« tatsächlich die elegante, aber nichtsdestotrotz exakte Bezeichnung für Krebs war, stieg er wieder in seinen Wagen und fuhr zum Jardin du Luxembourg. Im Park setzte er sich zwischen zwei alte Damen, die einander offenbar anschmollten. Nachdem er sich zwischen sie gedrängt hatte, versöhnte sie ihr gemeinsamer Argwohn, der vielleicht durch seine wirren Haare und die verstörte Miene ausgelöst worden war, und bald suchten sie schwatzend das Weite.

In aller Ruhe begann Matthieu in seinem Buch zu blättern, das er jedoch gleich wieder von sich schob, so entmutigend wirkten die Bildtafeln. Er schlug im Inhaltsverzeichnis nach, suchte das Kapitel »Lunge« und stürzte sich ohne Umwege hinein. *»Lungenkrebs ist stets tödlich«*, las er mit nachsichtigem Blick, als informierte er sich etwa über den krankhaften Zwang eines anderen zu lügen. *»Der Umstand, daß Operationen unmöglich sind, ohne unweigerlich benachbarte Organe zu verletzen … etc. läßt in der Regel jeden noch so kühnen Arzt vor einem Eingriff zurückschrecken.«* Er war gerade so richtig in diesen medizinischen Gedankenflug vertieft, als ein Fußball auf sein Buch prallte und es ihm unversehens aus den Händen flog. Matthieu sammelte beide, Buch und Ball, wieder ein, legte sie auf seine Bank und sah, als er aufblickte, einen vielleicht neun- oder zehnjährigen Jungen mit zorniger, ja sogar feindseliger Miene auf sich zurennen.

»Meinen Ball!« sagte er schroff.

Auch noch flegelhaft und schlecht erzogen, dachte Matthieu.

»Du kriegst ihn wieder, wenn du dich entschuldigst«, sagte er mit zugeknöpfter Miene.

»Mich entschuldigen, wofür?«

»Dafür, daß du mir mein Buch aus der Hand gedonnert hast.«

Schweigen. Das Kind wirkte völlig allein. Man hörte weder seine Mutter noch einen Spielkameraden nach ihm rufen.

»Was liest du denn da?« erkundigte sich der Junge.

»*Das Karzinom in seinen vielfältigen Erscheinungsformen.*«

Wie einer, der nicht richtig tickt, begann der Junge auf einem Bein um ihn herumzuhüpfen und dabei näselnd zu wiederholen: »In seinen vielfältigen Erscheinungsformen … in seinen vielfältigen Erscheinungsformen … in seinen vielfältigen Erscheinungsformen.« Müde und angewidert sah Matthieu ihm zu.

»Was ist'n das, vielfältige Erscheinungsformen?«

»Du jedenfalls bist keine. Du bist ein einzigartiger Quatschkopf«, konterte Matthieu im gleichen Tonfall wie der Junge. Dieser Bengel sollte schon noch sehen, daß er bei ihm an den Falschen geraten war!

Und den Ball fest unter den Arm geklemmt, vertiefte er sich wieder in sein Buch. Aber er begriff nicht, was er las, die Anwesenheit seines Gegners blockierte ihn.

»Ich will meinen Ball wiederhaben!«

»Wenn du höflich darum bittest.«

»Weiß nicht, wie das geht!«

Natürlich log er. Er spielte das Wolfsjunge, das vereinsamte Kind, um Matthieus Mitleid zu erregen. Aber das zog nicht bei ihm.

»Du brauchst es nur mal zu versuchen.« Matthieu zwang sich zur Ruhe.

»Überhaupt, Sie haben gar kein Recht dazu!

Ihnen gehört dieser Ball nicht! Er gehört meinem Vater, der hat ihn mir gekauft!«

»Ist mir doch egal!«

»Ich werde meinen Vater holen!«

»Geh nur, dem haue ich eine rein«, erklärte Matthieu ungerührt.

Das entsetzte, ungläubige Schweigen seines Widersachers erfüllte ihn einen Augenblick lang mit tiefer Genugtuung.

»Er wird Ihnen eine rein…«

»Glaubst du das wirklich?«

Matthieu erhob sich und klappte seine ein Meter zweiundneunzig in voller Länge auf, mit seinen Rugbyspielerschultern baute er sich vor dem kleinen Monster auf, das nicht nur Ansprüche stellte, sondern zudem auch noch feige war.

»Mist! Stimmt! Dafür ist mein Vater 'ne Nummer zu klein!«

Diese Anwandlung von Ehrlichkeit besänftigte Matthieu.

»Hör mal … du sagst jetzt ›Entschuldigung‹, und ich gebe dir deinen Ball zurück.«

Kurzes Schweigen.

»Tschuldigung!« brummte der Junge.

Matthieu legte den Ball auf den Boden, schoß und jagte ihn durch einen glücklichen Zufall und unter den respektvollen Blicken seines Gegners in weitem Bogen davon. Aber diese Episode gab ihm auch zu denken: Wenn ihn seine Reflexionen über Leben und Tod schon so weit brachten, daß er unglückselige kleine Jungs auf Parkalleen in Angst und Schrecken versetzte, dann war das kein gutes Zeichen. Andererseits hatte der Kleine alles andere als verängstigt gewirkt; er hatte lediglich einmal einem Erwachsenen gehorcht, was ihm sicherlich nur guttat. Er hörte ihn förmlich, wie er beim Abendessen zu Hause berichtete: *»Du, Papa, da war so ein Mann im Park, der wollte meinen Ball wegnehmen. Da habe ich gesagt, daß du mir den gekauft hast und daß er dir gehört, und der Mann hat gesagt, daß ihm das egal ist. Da habe ich ihm gesagt, daß du ihn dafür verprügeln wirst, und dann hat er gesagt, daß er dich verprügeln wird, und als er dann aufgestanden ist, habe ich gesehen, daß er recht hatte. Du kämst nicht gegen ihn an, Papa!«*

Und bei der Vorstellung, was der Vater und auch die Mutter dabei wohl für ein Gesicht machen würden, überkam Matthieu ein nervöses Lachen. Es war wirklich zum ersten Mal geschehen, daß er Größe und Kraft als Argument eingesetzt hatte. Für gewöhnlich ging er dergleichen aus dem Weg oder erzählte sogar Geschichten, wie er sich von irgendwelchen Typen hatte in die Pfanne hauen lassen. Auch das hatte Hélène sehr amüsiert, bis es ihr später dann auf den Nerv ging. Er warf ihr vor, sich verändert zu haben, aber vielleicht hätte er ja auch seine Geschichten wechseln oder zumindest einen anderen Humor darin entwickeln sollen.

Merkwürdig, wie er seit heute morgen unaufhörlich versuchte, Hélène die griesgrämige Maske der verbitterten Frau vom Gesicht zu nehmen – wo er sie doch immerhin erst seit ein paar Monaten selbst dort plaziert hatte. Ebenso, wie er sich ständig bemüßigt fühlte, ihre Motive in dem unerklärlichen Zwist zwischen ihnen aufzudecken. Vielleicht, sagte er sich erschrocken, vielleicht deshalb, weil ich sie noch brauchen werde und es nicht ertragen könnte, von einer Frau abhängig zu sein, die ich nicht respektiere oder genügend liebe. Vielleicht – und das war noch viel schlimmer – stelle ich sie mir nur als sensible und gekränkte Frau vor, weil ich Angst habe, daß sie mich womöglich im Stich läßt. Vielleicht brauche ich die Vorstellung, sie sei neuerdings wieder liebevoll. Das wiegt mich in der Sicherheit, daß sie einfühlsam auf die Nachricht reagiert und mir hilft. Vielleicht war es auch eine wirre Mischung aus allem, und damit basta ... Lüge ich mir jetzt schon selbst so gewaltig in die Tasche? fragte er sich und vergaß ganz, daß es noch gar nicht so lange her war, als er versucht oder gezwungen war, sich ein wenig mit sich selbst zu beschäftigen.

Laut Terminkalender hatte er um halb sechs eine Verabredung, und zwar mit einem Kunden, der an einem Weiher in der Sologne, welchen er zufälligerweise selbst gut kannte, eine ganze Siedlung bauen wollte. Dank eines von Mathildes Freunden, der dort eine Jagd nebst Hütte besaß, war Matthieu dort öfters zu Gast gewesen. Mehrere Wochenenden hatte er dort verbracht. Ohne freilich auch nur einen Schuß abzugeben, denn Mathilde verabscheute die Jagd, aber diese Wochenenden hatten sie alle beide sehr genossen. Eingebettet mitten im Schilf, war diese Jagdhütte dank eines alten Ofens im Frühherbst trocken und fast kuschelig warm gewesen, und sie hatten darin lange Stunden damit zugebracht zu lesen, sich zu lieben und sich aus Konserven zu ernähren. Er erinnerte sich noch an Mathildes Jacke: braun mit rostrotem Pelzkragen, und er dachte an ihr von der winterlichen Kälte rosig gefärbtes Gesicht, so frisch und so eiskalt, daß er, wenn er es an seinem Hals barg, vor Glück und Kälte stöhnte.

Sein Kunde hatte also diese vielen Hektar Land, den Weiher und die Jagdhütten gekauft. Wahrscheinlich wollte er dieser Umgebung einen »unberührten« Touch, wie es so schön hieß, verleihen. Sport, aber mit Stil … Mit einem Restaurant in der Mitte, natürlich, und asphaltierten Wegen, damit man im Wagen bis vor die Hütten fahren konnte. Jede Hütte mit Bad, anstelle der alten Dusche, die damals immer ohne Vorwarnung von kalt zu heiß wechselte. Vor zehn Tagen hatte er dieses Projekt angenommen, um die von ihm befürchteten Verwüstungen einzudämmen. Aber heute ließ es ihn nun völlig kalt.

Selbst wenn er keine Pläne mehr schmieden konnte, nichts konnte ihm jedoch all die Bilder von damals nehmen. Auch ohne sein Zutun zogen sie seit Jahren vor seinem geistigen Auge an ihm vorüber: im Abendlicht rötlich schimmernde Bäume, ein spiegelglatter Weiher, so grau, so schwarz, anthrazitfarben, und dann Mathildes von der Ofenhitze glühendes Gesicht ... *»In Erwartung der Dinge«* – ein gängiger Ausdruck –, *»in Erwartung des Todes«* – das hörte man schon seltener – wollte er jedenfalls nicht sechs Monate lang auf jegliche Zerstreuung verzichten ... Er wollte zusehen, wie die Zeit verging, ihr gegenüber seinen Mann stehen, und dies konnte ihm bestimmt nicht dadurch optimal gelingen, daß er sämtliche Verabredungen absagte. Wäre er ein großer Architekt, ein Genie gewesen, hätte ihn sein angekündigter Tod vielleicht über die Maßen erregt. Und möglicherweise hätte ihn der Wunsch befallen, diesem Planeten alles zu hinterlassen, was ihm der Tod rauben wollte. Vielleicht hätte er in rasender Eile praktische Krankenhäuser, prachtvolle Paläste oder anheimelnde Häuser entworfen; vielleicht hätte er eine neue Architekturschule begründet oder neue Formen oder irgend etwas erfunden, das die Kaninchenställe der heutigen armen Schlucker oder auch die stuckverzierten Merkwürdigkeiten der Reichen abgelöst hätte. Und vielleicht hätte er mit Hilfe seiner kreativen Fähigkeiten die Zerstörung seines Körpers vergessen können.

Doch er war kein Genie seines Berufsstandes. Jedenfalls war er weniger aufgeblasen als diese Starköche oder Figaros, deren Lebenserinnerungen und Weisheiten sich bei den Verlegern stapelten, die wiederum die Buchhandlungen damit überschwemmten. Er war ein passabler Architekt, recht begabt, hatte man ihm früher einmal gesagt, als ihm die Architektur auch noch eine Kunst zu sein schien, eine Kunst, deren oberstes Bestreben nicht der Profit darstellte. Es war schon eine ganze Ewigkeit her, seit das Wort »Genie« aus seinem Vokabular entschwunden war ... Ganz unauffällig und allmählich entschwunden, in dem Maße, in dem Matthieu das eine oder andere »Wie?« in seinen Geschäften zu lösen hatte und gar nicht mehr die Zeit dazu fand, über das »Warum?« nachzudenken. Warum also immer diese Vorstellung, daß sich, kaum von seinem nahe bevorstehenden Tod unterrichtet, ein Schriftsteller auf seine Feder oder ein Maler auf seinen Pinsel stürzte? Daß sie sich frei fühlen würden, den Skandal auszulösen oder den Triumph zu erringen, den sie sich bisher versagt hatten? Aber weshalb sollten sie das zuvor nicht gewagt haben? Wer konnte denn noch schockieren in dieser emanzipierten Zeit? Sollten sie sich tatsächlich geziert haben, ihre kleinen Schwächen zu offenbaren? Hatte das Leben ihnen, mehr als den weniger Mitteilsamen, überwältigende Erkenntnisse beschert? Sie hielten wohl das verworrene Gerüst ihrer Existenz für etwas Großartiges, dem es nachzueifern galt. Wollten sie es wie kostbares Manna der Öffentlichkeit zuwerfen, die sich von ihrer Aufrichtigkeit fasziniert und über ihren Tod betroffen zeigen würde?

Und selbst wenn der Künstler sich sagte: Hoppla! Ich muß mich sputen, falls ich immer noch wie als Vierzehnjähriger glaube, ich könne ein Meisterwerk schaffen, so würde ihn die Angst vor seiner Mittelmäßigkeit und die Skepsis gegenüber seinem Talent daran hindern, irgendein schöpferisches Werk entstehen zu lassen. War nicht sein Blick schärfer und nachdenklicher denn je? Würde nicht etwas in ihm hämisch grinsen beim Anblick der Arbeit, der Zeichen- und Schreibstifte, jenes armseligen Krams und schlappen Arsenals, von dem es heißt, es gehöre zum Genie – das doch bis dato ohne allzu große Gewissensbisse vor sich hingedöst hatte. O nein! Bloß kein solch mitfühlendes, klebriges Geschwätz!

Nur von Frauen – die ihn gut kannten und die er gut kannte –, Frauen, die … denen … na ja, die eben seine Geliebte waren, würde er es ertragen, beurteilt (und getröstet) zu werden. Ansonsten: kein Vorwurf und auch kein schlechtes Gewissen! Nicht einmal im stillen. Zuviel hatte er einstecken und sich anhören müssen und gewiß auch selbst ausgeteilt, als daß er so weitermachen wollte. Die sechs Monate, die ihm verblieben, wollte er nicht damit zubringen, auf andere zu hören, geschweige denn ihnen überhaupt ein Ohr zu leihen. Ehrlich gesagt hörte er schon seit geraumer Zeit kaum noch jemandem zu. Mal abgesehen von den seltenen Fällen, wenn er bei dem, was er las, aufmerkte. Und auch das war so selten geworden, daß er sich meist die Schuld dafür selbst zuschrieb. Trotzdem hatte er gewisse Persönlichkeiten früher einmal bewundert, gerade solche, die schöpferisch tätig waren. Doch es schien, als gleiche die Bewunderung wie die Intelligenz einem Muskel, der, sobald man sich seiner nicht genug bediente, verkümmern mußte.

Und so begann man dann ganz allmählich, sich immer weniger für diejenigen zu interessieren, die man kaum noch sah, nicht mehr hörte oder über die man nur noch zufällig las. Außerdem hatte Matthieu den Eindruck, daß diese Nivellierung seiner selbst, dieser schmerzlose Verzicht auf geistige Ansprüche und Freuden keineswegs dazu führte, daß er in ein andersgeartetes, wenn auch weniger brillantes, so doch ungezwungeneres und herzlicheres Umfeld kam. Im Gegenteil, diese Nivellierung warf ihn in die Einsamkeit zurück. Eine um so tristere Einsamkeit, als sie, anfangs zumindest, unbeabsichtigt war und durch nichts anderes ausgeglichen wurde.

Nieder mit der Grübelei! Es lebe das Leben! Es lebe die Leere! Zu dumm nur, daß das Leben für einen über sein Ende etwas zu gut unterrichteten Sterblichen unerträglich wurde. Hätte man ihm einen möglichen Unfalltod innerhalb der nächsten sechs Monate vorausgesagt, ließe ihn das eher gleichgültig. Im Gegenteil, der Gedanke daran wäre nahezu vertraut und erträglich. Außerdem gab es ja diese brutalen Unfälle, die man entweder ohne einen Kratzer überlebte oder deren Folgen man auf der Stelle erlag. Man konnte nie sicher sein, daß ein Unfall wirklich tödlich ausging. Es war ganz einfach: Jeder angekündigte, und zwar kurzfristig angekündigte Tod wurde romantischer und erträglicher, sobald man eine Unschärfe, sprich Alternative, einbringen konnte und somit ein bißchen weniger daran glauben mußte. Nicht der Zweifel, sondern die Gewißheit ist es, die verrückt macht, sagt Nietzsche oder irgendein anderer. Recht hatte er, dieser Nietzsche. Wie war doch gleich sein Vorname? Nietzsche? ... Nietzsche? ... Friedrich, Ludwig? ... Nein. Aber was machte das schon? Welchen Vornamen dieser Mann gehabt hatte, war so aufregend nun auch wieder nicht. Trotzdem versuchte er sich weiter darauf zu besinnen. Doch er bemühte vergeblich sein betäubtes Gedächtnis. Nichts zu machen.

❧

Er erreichte sein Büro und parkte den Wagen mitten auf dem Fußgängerüberweg, direkt vor der Nase zweier empörter Politessen. Der Führer des Fahrzeuges parkte nicht nur rechtswidrig, nein, er schloß es auch noch ab, ohne den obligatorischen Parkschein hinter die Scheibe gelegt zu haben. Er machte sich noch einen Spaß daraus, dem Parkscheinautomaten einige Klapse zu verabreichen und, mit einem Lächeln auf den Lippen, auf ein paar Francstücke zu lauern, um daraufhin den wehrlosen Automaten flüchtig zu streicheln. Ohne die geringste Entschuldigung spazierte er dann an ihnen, die weiß Gott nicht zu übersehen waren, vorüber. Oder doch: Eine unsinnige Bemerkung ließ er fallen. Und nur eisernes Pflichtgefühl bewog sie, diese in ihrem Heft zu notieren: *»Das ist ein alter Kumpel von mir«*, womit einwandfrei erwiesen schien, daß sie es hier mit einem Gestörten zu tun hatten. Auf den Parkscheinautomaten deutend, fügte er noch hinzu: *»Er hat noch nie verlangt, daß ich zahle … Was soll man da machen?«*, um gleich darauf im Haus Nr. 155 der Soundsostraße, vermutlich dem Ort seines ausgeübten Berufs, falls er einen solchen überhaupt aufzuweisen hatte, zu verschwinden.

Seine bürgerlichen Pflichten aus Jux zu mißachten hatte Matthieu schon seit jeher großen Spaß gemacht, diesmal aber doppelt und dreifach, weil er sich gegen jegliche Strafe gefeit wußte: Keiner konnte ihn mehr zur Rechenschaft ziehen, nicht einmal diese blaubefrackten Politessen.

Mit pfiffiger Miene und lässigem Schritt lief er die Flure des Bürohauses entlang. Im Aufzug warf er einen Blick auf den hochgewachsenen, schlaksigen und merkwürdigen dunkelhaarigen Mann, der ihn aus dem Spiegel heraus musterte. Objektiv gesehen, hätte er ihn nie für krank gehalten! Der Aufzug hielt und löste im selben Augenblick irgend etwas im Dschungel seines Gedächtnisses aus. Plötzlich wußte er den Vornamen: Friedrich! Friedrich Nietzsche! Na endlich! Genau so hieß er! Und in seinen Spott mischte sich trotz allem etwas wie Erleichterung. In erster Linie deswegen, weil er jetzt nicht mehr ein oder zwei Stunden damit zu vergeuden brauchte, sich den Kopf wegen dieses Vornamens zu zerbrechen (denn der Kunde, der bereits in seinem Büro saß, war allem Anschein nach nicht der Mann, der ihm bei mehr oder weniger kulturellen Feinheiten aus der Patsche zu helfen wußte). Matthieu machte rasch noch einen kleinen Abstecher zu seiner Sekretärin, Verehrerin und alten Vertrauten, Mademoiselle Périgny, mit Vornamen Irène.

»Sie sind spät dran, aber gut sehen Sie heute aus!« rief sie, mit ihrem Dutt im Haar.

Einen Augenblick lang zögerte er. Doch wie sollte er Mademoiselle Périgny etwas über sein Leben oder gar seinen Tod erzählen? Zu sehr verkörperte sie eine Figur, die allen diesen Werken von Bourget oder Gide entsprungen sein könnte. Sie war die typische Romanheldin der zwanziger Jahre. Es war völlig undenkbar, Mademoiselle Périgny Kummer zu bereiten. Wie könnte man diese Frau verletzen? Es war unmöglich. Und sein tiefes Bedauern bewies ihm, wie sehr sein Bedürfnis wuchs, mit jemandem über die Diagnose des Hamster-Doktors zu reden. Dabei hatte er doch Gaubert und Sonia schon alles erzählt. Aber jedes Mal hatte das auf ihn wie eine Szene aus einer Komödie gewirkt: Zuerst hatten er oder Gaubert oder beide seinen Auftritt verpatzt, dann hatte sich bei Sonia die Komödie für das Publikum, auch wenn es sich in diesem Fall nur um ihn selbst handelte, als absolut lächerlich entpuppt. Nein, noch niemand wußte, was er wußte – und was im Grunde vielleicht auch niemanden interessierte.

»Nicht wahr, richtig gut sehe ich aus?« wiederholte er mechanisch und, ohne zu wissen weshalb, zufrieden mit Mademoiselle Périgny. Er strahlte sie an, und sie setzte kopfschüttelnd ihre gerührt strenge Miene auf. Er beugte sich zu ihr vor, damit sie ihm die Krawatte zurechtrücken, die Fusseln vom Jackett klopfen und die Ärmel geradezupfen konnte: Seit zwölf oder dreizehn Jahren führte sie nun schon diese immer gleichen Gesten aus, zwölf oder dreizehn Jahre, in denen sie immer das gleiche Vergnügen daran fand. Er im übrigen auch, dachte er, als er sich aufrichtete. Abgesehen von dieser mütterlich-professionellen Fürsorge war sie auch eine gute Sekretärin mit einer besonders glücklichen Mischung aus Ignoranz und Intuition.

»Wie ist er denn so, unser Kunde? Und wie heißt er überhaupt?«

»Pierre Saltiéry. Ich glaube, er ist ein hohes Tier in der Sportbranche … Sportbekleidung und Dessous …«

»Hohes Tier« und »Dessous«, was hieß das eigentlich bei ihr? Ein Hersteller von dicken Wollschals, die graue Eminenz bei sportlichen Wettkämpfen? Oder der Organisator neckischer Schäferstündchen zwischen älteren Herren und blutjungen Mädels im Eisstadion?

Er ging in sein Büro, schüttelte im Vorübergehen besagtem Saltiéry die Hand und setzte sich hinter seinen Schreibtisch. Wenige Stunden zuvor hatte er auch an einem Schreibtisch gesessen, allerdings auf der falschen Seite.

»Wie sind Sie in dieser Angelegenheit eigentlich auf mich gekommen?«

Das war immer seine erste Frage. Die Antwort war noch jedes Mal aufschlußreich, wenn auch selten korrekt.

»Wir kennen uns seit 1978«, sagte der Mann. Er war hager und dennoch Sanguiniker, wodurch er ein recht sonderbares Bild abgab: das eines asketischen, an erhöhtem Blutdruck leidenden Sportlers. Er trug einen braunen Cordsamtanzug, der ihm überhaupt nicht stand. Dieser Mann hatte seine Wahl im Leben – die Wahl seiner Persönlichkeit – noch nicht getroffen, was ihn in Matthieus Augen eher sympathisch machte. Der Hamster etwa wirkte in seinem schönen Staat – weißer Kittel, den Umständen angepaßte Stimme, Gestik eines stellvertretenden Chefs – bereits so entsetzlich starr. Nein, wirklich, Matthieu konnte diesen Kerl nicht ausstehen, ganz unabhängig von jeglicher Diagnose, sagte er sich … Und wenn derselbe Kerl ihm gesagt hätte: »Alles in bester Ordnung! Kommen Sie in einem Jahr wieder!«, wäre er ihm dann ebenso zuwider gewesen? Nein, aber er hätte ihn trotzdem nicht noch einmal aufgesucht. Sein guter, lang bewährter Doktor Jouffroy hätte ihm niemals zuwider werden können. Der hätte ihm verblümt, da war er sich sicher, und auf Umwegen behutsam beizubringen versucht, daß nicht alles so zum besten stand wie sonst. Er hätte sein Unglück mit ihm geteilt – während er sich heute morgen alleingelassen gefühlt hatte und auch sehr allein gewesen war bei dem Hamster. Denn dem war es (bestenfalls) völlig egal oder (schlimmstenfalls) eine Genugtuung, daß ein glückliches Mannsbild von eins zweiundneunzig vor einem eingebildeten Kümmerling von ganzen eins zweiundsechzig sterben sollte. Das war alles, und es war beschämend: Ärztliches Mitgefühl sollte Pflicht werden, vor allem nach gewissen Untersuchungen und deren möglichen Auswirkungen.

1978 war Matthieu erst Ende Zwanzig gewesen und verfügte als Architekt noch über keinen Namen, keine Beziehungen und demzufolge auch nicht über den Wohlstand, der später daraus erwuchs. 1978 war er ganz im Gegenteil lediglich ein junger Hüpfer Ende Zwanzig gewesen, noch nicht ganz Mann, aber wahnsinnig verliebt in eine Frau, die ihn auch liebte, vielleicht schon etwas weniger, je nachdem, in welchem Monat diese Begegnung stattgefunden hatte.

»Es war sogar in Bligny, wo wir uns kennengelernt haben«, sagte Saltiéry. »Sie waren mit Mathilde zusammen gekommen. Ich hatte Ihnen meine Jagdhütte am See geliehen.«

Demnach war er es, der Mann mit der Jagdhütte, auf den Matthieu damals lange Zeit eifersüchtig gewesen war, an dessen Namen er sich aber nicht mehr hatte erinnern können. Eines stand fest: erst Nietzsche, dann Saltiéry, er besaß zur Zeit wirklich kein phänomenales Gedächtnis.

»Aber ja! Freilich«, sagte er, wobei er aufsprang und diesem Bekannten, der plötzlich aus vergangenen Zeiten aufgetaucht war, beide Hände entgegenstreckte – als müßten zwei von Mathilde abgelegte Männer einander in die Arme fallen, sich gegenseitig auf die Schulter klopfen und wie zwei Überlebende eines schrecklichen Schiffbruchs sich drücken und umarmen. Und tatsächlich waren sie und fühlten sie sich wie die Überlebenden eines schrecklichen Unfalls – unwiederbringliches Glück war ihnen genommen worden, und sie hatten es mit Mathilde erlebt. Auch Saltiéry empfand es offenbar so, denn er erhob sich und drückte ihm gleichfalls beide Arme, bevor er sich wieder setzte. Er hatte nun eine heitere, leicht melancholisch angehauchte und komplizenhafte Miene aufgesetzt, genau den Gesichtsausdruck, den Matthieu sich selbst anzunehmen bemühte.

»Die Gegend war wundervoll«, beeilte er sich anzuknüpfen. »Wirklich herrlich! Und das ist es, was Sie jetzt … verändern wollen? Traurig, nicht? Ist doch schade darum.«

»Schade schon, aber notwendig«, sagte Saltiéry. »Ich habe das Land vor nicht allzu langer Zeit gekauft. Die Gebäude sind völlig verkommen, und ich werde sie wieder hochziehen müssen. Es sollen Jagdhütten werden für die Snobs aus der Stadt.

Wissen Sie, so typische Bungalows für die Entenjagd. Mit einem kleinen Kreisverkehr dazwischen und Bremshügel auf den Wegen, um die Jäger am Rasen zu hindern ... Außerdem ganz im amerikanischen Stil Kuschelecken und Küchen, die in den Wohnraum mit einbezogen werden. Das auf menschliche Dimensionen eingedampfte Universum sozusagen, so wie man es immer gern haben möchte ...«

»Sie scheinen mir ja von moderner Architektur genauso begeistert zu sein wie ich«, lachte Matthieu.

Und als Zeichen seiner Sympathie bot er ihm über den Schreibtisch hinweg eine Zigarre an. Eine so etablierte Sympathiebezeugung übrigens, daß seine Mitarbeiter beim Eintreten am Geruch sofort erkannten, ob Matthieus neuem Kunden Beachtung zu zollen war oder nicht.

»Ich habe mir schon ein paar Gedanken zu diesem Thema gemacht«, sagte Matthieu wider Willen. »Man könnte trotz allem das Schlimmste verhüten. Das hängt sehr stark von den Materialien ab, davon, wie viele Hütten Sie bauen lassen wollen und wie sie aussehen sollen.«

Plötzlich entspannte er sich, wurde interessiert und neugierig. Plötzlich hatte er Lust, aus diesem Stück Land ein herrliches Fleckchen Erde zu machen, so romantisch und verlockend, wie es auf den verliebten jungen Mann gewirkt hatte, der er vor fünfzehn Jahren gewesen war. Oder war es nur zehn Jahre her? Ach, egal! Dieser Saltiéry machte einen recht passablen Eindruck. Das war genau der Typ, den er statt eines Robert Gaubert als Freund gebraucht hätte.

»Ich habe sogar schon ein paar Entwürfe gezeichnet. Hier, ich zeige Sie Ihnen gleich mal.«

Und er öffnete seine Schublade, holte die Unterlagen heraus und breitete sie ganz offen auf seinem Schreibtisch aus. Dies verstieß gegen sämtliche ungeschriebenen Regeln. Denn normalerweise zeigt ein Architekt, der gerade dabei ist, einen Vertrag abzuschließen, die Früchte seiner Phantasie nur ganz allmählich und Skizze für Skizze vor, so wie man in etwa vorginge, wenn eine Frau den Leichnam ihres Mannes zu identifizieren hätte. Statt dessen lagen hier sämtliche Pläne und Ideen, die Matthieus Sinn für Ästhetik und Psychologie ihm eingegeben hatte, lose herum. Seine geistige Arbeit, die dieser Mann, falls er auf dumme Gedanken kam, ihm jetzt visuell stehlen und später verwenden konnte.

Aber was machte das schon? Alles war nebensächlich geworden, es gab keine Konsequenzen mehr, keine Zukunft und demnach auch keine Folgen. Das Leben wurde in gewisser Weise angenehmer, wenn man wußte, daß es gratis war oder demnächst zu Ende ging. Es gab nichts mehr auszubeuten, zu bewahren oder anzuwenden. Nichts mehr war verkäuflich, gewinnbringend oder beruhte auf Tatsachen: Begriffe, die ihm sein Leben lang auf den Geist gegangen waren. Alles war geschenkt, und endlich stand es weder in Zusammenhang mit dem Aufwand, der angefallen war, noch mit dem Preis, den es sonst dabei herauszuschlagen galt. Genaugenommen hatte er damit eine Wertskala zurückgewonnen, die ihnen allen fehlte: ihm, seiner Generation und überhaupt der ganzen Welt, wie ihm schien.

»Nicht nur, daß wir einen Fernsehanschluß installieren wollen«, gestikulierte Saltiéry lebhaft mit seinen großen, mageren Händen, »nein, die Leute werden außerdem per Video nichts als Jagdfilme zu sehen bekommen, zum Beispiel Gregory Peck, kurz bevor ein Tiger ihn zerreißt, oder Robert Redford, wie er den Elefanten zur Flucht verhilft«, beeilte er sich hinzuzufügen, offensichtlich, um kundzutun, daß er trotz seines Filmgeschmacks doch eher vierzig als sechzig Jahre alt war.

»Und sie werden den Weckdienst für drei Uhr morgens bestellen, wegen der Entenjagd. Aber, durch ihre Freundinnen total erledigt, werden sie trotzdem verschlafen. Dann sehen sie eben keine Enten, sondern fern. Und glauben Sie mir, sie werden vollauf zufrieden sein.«

»Nach Ihren Gästen scheinen Sie mir auch nicht gerade verrückt zu sein.«

»Ich beschäftige mich nun schon ganze zehn

Jahre mit ihren Freizeitvergnügungen«, sagte Saltiéry achselzuckend. »Ein blendendes Geschäft, übrigens. Je gewöhnlicher meine Projekte sind, je mehr sie auf die Hammelherde ausgerichtet sind, um so besser laufen sie. Wenn die Herrschaften unter sich sind, natürlich, das heißt, wenn sie alle zur selben Einkommensschicht gehören ...«

Mit diesem sadomasochistischen Projekt will ich mein Berufsleben nicht beenden, sagte sich Matthieu. Doch der Typ war ihm sympathisch: ätzend, aber pfiffig.

»Wie würden Sie eigentlich Ihre Hütten gestalten, wenn Sie für deren Bewohner etwas mehr übrig hätten? Genauso?«

»O nein! Garantiert nicht! Ich konnte die Gegend nicht ausstehen. Den Schlüssel zur Hütte hatte ich Mathilde zwar ohne jede Bedingung, aber in der Hoffnung geliehen, daß sie mit mir auch mal ein Wochenende verbringen würde. Doch sie kam stets zusammen mit ein und demselben baumlangen Kerl: Das wissen Sie ja selbst ... Nachdem Sie sich getrennt hatten, habe ich mir einige Hoffnungen gemacht, das muß ich gestehen, aber nicht lange.«

»Warum? Ist sie nach mir mit einem anderen gekommen?«

»Nein. Sie hat mir den Schlüssel zurückgegeben. Sie ist, hm ... nicht unentschlossen, Mathilde, aber taktvoll.«

Von Mathilde im Präsens zu hören berührte Matthieu ebenso peinlich wie zuvor das Gerede des Hamster-Doktors, als dieser in der Vergangenheitsform über ihn gesprochen hatte.

»Wissen Sie, was sie so macht? Sie ist umgezogen, ich weiß ...«

»Ja. Sie wohnt jetzt in der Rue de Tournon. Sie hat einen reichen Engländer geheiratet, von dem sie schon wieder geschieden ist. Sie wohnt in der Nähe des Senatsgebäudes, oberhalb des Cafés. Ich treffe sie von Zeit zu Zeit, ungefähr alle drei Monate: Wir gehen dann gemeinsam Mittag essen.«

»Wie ist sie denn so?«

»Schön, ja, immer noch schön. Nun ja, für mich jedenfalls ... Aber ich habe sie nie für mich gewinnen können, und eine Frau, die man nicht für sich gewonnen hat, bleibt einfach immer begehrenswert. Finden Sie nicht?«

»Ich weiß nicht.«

Matthieu verbesserte sich rasch.

»Womit ich nicht sagen will, daß ich alle Frauen, die mir gefallen haben, immer auch erobert hätte. Wahrscheinlich habe ich immer diejenigen gewählt, denen ich selbst von Anfang an gefiel. Aus Bequemlichkeit oder Glücksbedürfnis oder auch aus ... Vorsicht. Keine Ahnung.«

Das stimmte, auch wenn er bisher niemals darüber nachgedacht hatte. Sonderbar: Als wenn ihn nur die sicheren Erfolge reizten. Was mochte das bedeuten? Beinahe hätte er sich bei Saltiéry, der offenbar ein recht gewitzter Bursche war, Rat geholt. Er hätte gern mit ihm geredet. Er hätte dann beispielsweise gesagt: »Ich werde bald sterben. Was meinen Sie? Was würden Sie tun?« Aber er hatte nicht das Recht dazu. Er brauchte diesem armen Kerl neben seinem geisttötenden Metier – das ihn jedenfalls genug Nerven kostete, um dies durchblicken zu lassen – nicht auch noch diese zusätzliche Bürde aufzuhalsen. Nein. Außerdem hatte er, Matthieu, schließlich einen Kumpel. Er hatte den guten, alten Robert Gaubert, einen tollen Kumpel, einen treuen und feinfühlenden Freund. Wider Willen grinste er hämisch, und erst Saltiérys verwunderter Blick brachte ihn wieder zum eigentlichen Thema zurück.

»Ich kann den Auftrag nicht annehmen«, sagte er. »Sie sind mir sympathisch, aber ich möchte lieber ein Projekt ausführen, das demjenigen, der mich damit beauftragt, auch gefällt. Können Sie das verstehen?«

»Ich verstehe das sehr gut. Ja. Mir wäre es auch lieber so ... Vielleicht beim nächsten Mal, wenn die Aufgabe amüsant, interessant oder kompliziert ist ... Ihr Motel im Wald von Barbizon gefiel mir zum Beispiel sehr gut.«

Sie gingen als gute Freunde auseinander, und als Matthieu ihn zur Tür begleitete, streifte ihn vage der Gedanke, daß sie einander wohl nie wiedersehen würden. Was diesem Abschied eine gewisse Traurigkeit verlieh, so wie dieser Umstand zunächst ihre Begegnung ganz offensichtlich beschwingt hatte. Insofern jedenfalls, als er auf seinem Notizblock im Büro Mathildes Telefonnummer vorfand. Saltiéry hatte sie ihm rasch notiert. Aber das Telefon klingelte. Es war Gaubert, sagte ihm seine Sekretärin, der bereits fünfmal angerufen habe, was sie aber zu sagen vergessen hätte, fügte sie ohne sonderlich schlechtes Gewissen hinzu. Auch sie konnte Gaubert nicht leiden, das wußte er. Brutal und herzlos, sagte sie immer, während Matthieu dann zu behaupten pflegte, er sei nur etwas ungeschickt und verschlossen in seiner Art. Jedenfalls ging er auch dieses sechste Mal nicht ans Telefon, worüber sie regelrecht entzückt zu sein schien.

Immer schon, das wurde ihm jetzt klar, hatte er sich Gaubert gegenüber irgendwie überlegen gefühlt, und ihre Unterredung an diesem Morgen hatte diese Empfindung in sarkastische Gleichgültigkeit umgewandelt, oder, besser gesagt, er hatte sich jegliche Gefühlsregung und Zuneigung abgeschminkt – denn nachdem ihre Beziehung so radikal und unverhüllt ans helle Tageslicht gezerrt war, offenbarte sie sich als völlig uninteressant. Angenommen, Gaubert hat jemals einen Platz in meinem Leben eingenommen, dann hat er sich heute morgen daraus verabschiedet! räsonierte Matthieu. Und in gewisser Weise traf sich das gut, denn er selbst würde ja recht bald desgleichen tun. So würde es niemanden geben, der in diesem banalen Fortsetzungsroman mit dem Titel *Leben und Tod des Matthieu Cazavel* jemandem nachzutrauern hatte.

Einstweilen aber staunte er über Mademoiselle Pérignys feines Gespür. In bezug auf seine Freunde besaß sie jenes berühmte Fingerspitzengefühl, das altgedienten Sekretärinnen (freilich nur solchen, die in ihren Chef vernarrt waren) gegeben war. Es war schon verwunderlich, wie man mit zunehmendem Alter oder vielmehr mit größerer Reife langsam erkannte, wieviel Wahrheit in Gemeinplätzen und Sprichwörtern lag!

Eine ganze Reihe solcher kühler, schneller Gedanken schlug ungehindert in seinem Kopf ein, ohne daß er überhaupt darauf achtete, so sehr stand er im Bann dieser acht Zahlen auf seinem Notizblock, welche die heutige Mathilde verkörperten. Mathilde lebte also in der Rue de Tournon, oberhalb eines Bistros, das er wie seine Westentasche kannte. Mathilde, die er seit Jahren, wenn auch nicht gleich ans andere Ende der Welt, so doch zumindest »anderswohin« verschwunden glaubte. Er hatte sich vorgestellt, daß sie »anderswo« war: ganz einfach deswegen, weil er die Gewißheit nicht ertragen hätte, daß sie in seiner Nähe und ohne ihn lebte, daß sie – und sei es auch nur mit den Augen – erreichbar war. Weil schon die Zahlen, die zu ihr führten, hier auf dieser Schreibtischkante, ausgesprochen verführerisch wirkten: eine Nummer, bestehend aus dreimal der Vier, zwei Nullen und dreimal der Acht, das Ganze harmonisch und schön arrangiert wie alles, was sie umgab. Er kannte die Zahlenfolge 48.00.48.48 bereits auswendig, denn es war ja die Telefonnummer seiner großen Liebe. Er erinnerte sich auch an ihre gemeinsame Nummer, die sich mit dieser Zeit verband: 229.29.92, und auch daran, in welchem Maß diese unpersönlichen, für ihn aber exotischen und gleichgearteten Zahlenreihen ein wohliges, vielversprechendes und beinahe sinnliches Echo hatten. Weil die Straße, in der Mathilde früher gewohnt hatte, Bellechasse la forestière hieß und weil sie für ihn das sinnenverwirrende Babylon verkörperte ... O ja, es war trotz allem Zeit, daß er, Matthieu, seinesgleichen und der langsamen, trostlosen Vernichtung den Rücken kehrte, zu der sie seinen Planeten und die wenigen phantasiebegabten Bewohner, die ihm noch blieben, verurteilt hatten.

Die neuen Herren der Post hatten mit ihrer stupiden Vier[1] bereits eine ganze Menge poetischer, sprich verliebter oder heroischer Assoziationen zu

[1] Anm. d. Ü.: Seit einigen Jahren beginnen alle Pariser Telefonnummern mit einer Vier.

Grabe getragen. Einmal mehr hatten sie Carnot, Danton, MacMahon und Kléber umgebracht und sich im gleichen Zuge die Pyramiden, die Pyrenäen und Wagram neu einverleibt. Es war ein süßes Gefühl gewesen, jemanden zu lieben, dem die Post in den Augen Matthieus eine nach Jasmin[1] duftende Telefonnummer zugestanden hatte. Ach, wie schrecklich! All das sollte ihm genommen werden! Alles würde ohne ihn weitergehen ... Die Menschen würden Telefonnummern und Liebesschwüre austauschen, man würde neue Dinge erfinden und auf dieser Welt weiterleben, weiterlachen und weitertelefonieren ... Ohne ihn?

*Ohne ihn? Sie würden ohne ihn leben? Mademoiselle Périgny würde ohne ihn leben und wie immer unpünktlich über die Brücken von Paris eilen, die er so sehr liebte?* Während er, ganz allein in einer Kiste, unter der Erde lag? Allein, kalt und ganz allmählich vom Zahn der Zeit zernagt? In sechs Monaten ...? Das war undenkbar ... Unerträglich ...

Erneut warf er, von Grauen gepackt, den Kopf zurück und verharrte steif in seinem Sessel, die Hände wie ein alter Mann ineinandergepreßt. Nein! Nein? ... Nein. »Das« mußte ein Ende haben, er mußte diesen Gedanken loswerden, oder

---

[1] Anm. d. Ü.: Pariser Telefonnummern begannen früher mit einer Kombination aus drei Buchstaben, die den Anfangsbuchstaben der verschiedenen Stadtteile entsprachen, in diesem Fall JAS.

aber man mußte ihm bis zum Schluß Beruhigungsmittel verabreichen. Das war nicht erlaubt … und er stöhnte auf, während eine Woge des Aufbegehrens über ihn hinwegbrandete und ihn in ihrer Banalität und der rohen, unerbittlichen und abgeschmackten Grausamkeit ertränkte …

Er und Beruhigungsmittel? Wie Sonias Freundin womöglich? Herzlichen Dank. Ebensogut könnte man auch gleich alle Probleme mit einem Flintenschuß aus der Welt schaffen. Außerdem hatte er eine Menge Leute an Krebs dahinsiechen sehen, und die Angst war weiß Gott deren letzte Sorge gewesen. Denn sie glaubten nicht mehr an diesen Tod. Der Verstand setzte aus angesichts des Todes, er wollte diese Nachricht nicht begreifen. Die Phantasie war zu lebhaft, das Gedächtnis zu gut und das Herz zu verwundbar, zu gefährdet, als daß die Kranken dieses Dunkel, dieses Loch … dieses Nichts betrachten und ihm trotzen konnten. Gewiß würde er sich genau wie sie verhalten. Er würde wegschauen. Und so demütigend Matthieu es auch erschien, daß er innerlich in Panik geriet und auszubrechen versuchte, empfand er doch keine Verachtung für sich und seine Reaktionen. Sicher, noch nie war er gegenüber sich selbst so nachsichtig und gutmütig gewesen: Aber das Leben war auch noch nie so hart mit ihm umgesprungen. Es hatte noch nie so deutlich seine Härte spüren lassen.

Das Grauen hatte sich wieder verzogen; es hielt sich irgendwo versteckt: vielleicht hinter ihm, neben ihm, draußen, weiter weg, in jedem Fall aber war es bereit zurückzukehren. Während sein Verstand sich zur Flucht bereithielt ... Egal, was oder wer, egal, welches Beruhigungs- oder Betäubungsmittel, sei es ein gerissener und barmherziger oder auch nur ein gerissener und habgieriger Arzt, seien es Bücher, Leichtgläubigkeit, Güte, Eigennutz, Sadismus, alles und alle wären sie ihm willkommen: alles, was ihm dabei helfen konnte, sich selbst zu entrinnen, zu vergessen, zu träumen und zu lachen. Alles, was ihm hin und wieder eine Minute seines ursprünglichen Gleichgewichts, seiner Lebensfreude und seiner dürftigen Courage zurückzugeben vermochte. Er würde sich an das geringste Verlangen, die kleinste Erinnerung, den leisesten Hauch einer Jazzmelodie klammern. Diese Sinneseindrücke wären wie Leuchttürme oder kleine Buchten in schroffen Felsküsten, an denen nach einem Zyklon oder Taifun die wenigen Schiffswracks, die sich noch über Wasser halten, anzulegen versuchen.

# Kapitel 7

Es war sechs Uhr vorbei, und der Abendwind fächelte den Geruch von Erde, Regen und kühler Luft, vermischt mit ein wenig Benzin und Dunst – den typischen Geruch von Paris – durchs Fenster herein. Den Kopf immer noch zurückgelehnt, die Beine ausgestreckt und die Hände schlaff über den Sessellehnen hängend, atmete Matthieu tief und lange durch. Vermutlich sah er jetzt schon so aus wie ein Toter, ging es ihm durch den Kopf; und die langen Adern auf seinen noch immer sonnengebräunten Armen, diese gleichmäßig bläulichen Adern – trügerische und pulsierende Beweise seiner Gesundheit und Lebensfreude, die sich wie eine farbige Kinderzeichnung langgestreckt seine Arme hinaufzogen –, sie widerten ihn ein bißchen an.

Der Wind wehte die Gerüche stoßweise ins Zimmer, und allmählich durchströmte ihn ein neues Gefühl, es war weder Grauen noch Taumel noch Auflehnung, ganz im Gegenteil: Es waren vorzeitige Wehmut und eine schmerzliche Trauer um seinen Planeten. Um diese Erde, deren Jahreszeiten er kennengelernt hatte: das zarte grün- oder rotgefärbte Laub, die Sonnenuntergänge, das Meer, so blau und schäumend ... diese selbst im Herbst mit seinen lauen Regengüssen oder während des Winters im vergänglichen Weiß des Schnees so freundschaftlich gesinnte Erde. Alles, was er im Laufe seiner Kindheit und Jugend langsam entdeckt, geliebt und sich angeeignet hatte, all das sollte ihm mit einem Schlag genommen werden. Diese, ungeachtet dessen, was die Menschheit aus ihr gemacht hatte, immer noch strahlende Welt. Diese lebendige und wehrlose Welt, in der einem naive, treue Tiere dabei halfen, die Menschheit zu ertragen oder sich nicht um sie zu scheren. Ein Hund! Seit einem halben Jahr wünschte er sich schon einen Hund, hatte aber mit dem Kauf immer gezögert.

In erster Linie wegen Hélène, die immer auf ihr empfindliches Mobiliar und die Teppichböden hinzuweisen pflegte. Jetzt mußte er endgültig darauf verzichten: Wozu noch einen Hund an sich binden, den er sehr bald allein zurücklassen mußte und dem er dann schrecklich fehlen würde? Ein Hund, der unter Matthieus Krankheit zu leiden hätte, welcher seinerseits wie ein Hund leiden und verrecken würde. Schon viel früher hätte er sich entscheiden sollen, dann hätte er jetzt sein Gesicht in einem warmen Fell vergraben – und hätte die Gewißheit, daß ihm später jemand nachtrauerte und daß er irgendeinem Lebewesen, egal, ob das nun Zweibeiner oder Vierbeiner war, fehlte! ...

Sie hatten nie Kinder bekommen. Das lag an Hélène, die davon allerdings nichts wußte, da er gewisse Untersuchungen abgelehnt und sie als demütigend für die Partner bezeichnet hatte. Das wären sie jedoch nur für Hélène gewesen. Matthieu wußte es, denn er war Vater eines kleinen Mädchens, das ihm wie ein Ei dem anderen glich und das er nicht sehen durfte. Folglich war Hélène unfruchtbar, doch nichts auf der Welt hätte Matthieu dazu bewegen können, ihr das zu sagen. Und sie gab natürlich ihm die Schuld für ihre Kinderlosigkeit und machte ihm die Einsamkeit, unter der sie beide litten, zum Vorwurf.

»Was ist?«

Sichtlich im Gehen begriffen, vollführte Mademoiselle Périgny an der Tür eine zunächst ziemlich mysteriöse Pantomime. Nach einer Weile gelang es Matthieu jedoch, sie zu entschlüsseln: »Sie nehmen eine ungewöhnliche und offenbar schaffensfreudige Haltung ein. Da will ich Sie um Himmels willen nicht stören. Ich gehe jetzt.« Und ihr Gesicht unter dem Hut drückte Respekt, Verständnis und Zutrauen aus. Sie legte den Finger an den Mund, winkte kurz mit der anderen Hand und schlich ziemlich übertrieben auf Zehenspitzen davon.

Der Wind wurde stärker und brachte die Fensterläden zum Klappern. Matthieu erhob sich, als hätte ihn jemand zur Ordnung gerufen, eine Ordnung, von der er wußte, worauf sie hinauslief: Er würde Mathilde wiedersehen. Einzig und allein Mathilde vermochte ihn aufrechtzuhalten und ihm zu helfen, umtriebig und heiter zu bleiben. Er hatte Angst – sagte er sich –, daß sie ihn womöglich gar nicht sehen wollte und ihn abwies. In Wirklichkeit aber hatte er Angst, daß Mathilde nicht – oder nicht mehr – Mathilde war. Daß er in ihr eine andere, für ihn früher unsichtbare Frau entdecken würde, die er sicherlich trotzdem geliebt hätte, die sich nun aber als gewöhnlich, eitel und dumm entpuppte – kurz, daß seine große Liebe wieder einmal nur ein Hirngespinst seines verblendeten Egoismus gewesen war. Denn wem hatte er schließlich sämtliche Enttäuschungen des heutigen Tages zu verdanken? All diese ihm zugewandten oder von ihm abgewandten unbefriedigten und unbarmherzigen Gesichter waren doch immerhin die Gesichter, die zu seinem Leben gehörten. Sie bildeten sein emotionales Umfeld, waren Teil der Menschen, die ihm nahestanden. Im Grunde hatte er Hélène lediglich das Leben schwergemacht, Gaubert benutzt und war bei Sonia auf seine Kosten gekommen. Nein. Nein, da war wirklich nur Mathilde, mit deren Hilfe er ein halbwegs edelmütiges, selbstloses Bild seiner selbst wiederfinden konnte, ein Bild, mit dem er seinen Sarg und seine Vergangenheit zieren konnte, wenn er, falls dieser ihn tatsächlich erwartete, beim heiligen Petrus vorsprach. Allerdings mußte bei dieser letzten Expedition auch Mathilde sich sehen lassen können …

Wenn die geliebte Frau einen zu lieben aufhört, ohne einen durch ihre Lügen dazu zu bringen, daß man sie verachtet oder gar haßt, ist dies nicht unbedingt das Beste, was dem Verschmähten passieren kann. Gibt es bei ihr nicht das gewisse Quäntchen Güte, das sie dazu bewegt, bei diesem Abschied Rachsucht und Abscheu zu wecken und so ihr Opfer daran zu hindern, wehmütige, liebevolle Erinnerungen zu hegen und zu pflegen, die ihm durch übertriebene Vergleiche seine gesamte Zukunft in Liebesdingen verderben mußten? … Ob sich Mathilde nun wie ein Luder oder wie ein Engel benommen hatte, interessierte ihn ebensowenig wie damals. Vielmehr quälte ihn der Gedanke, daß sie womöglich gealtert war, daß es mit ihr irgendwie bergab gegangen sein könnte und daß es dann nicht mehr Vertrauen, Verlangen und Bewunderung wären, die er für sie empfand, sondern lediglich Mitleid. Mathilde bemitleiden zu müssen wäre ihm unerträglich. Das wäre zuviel: seine gescheiterte Ehe, seine gleichgültigen Freunde, seine minderbemittelte Geliebte, seine belanglose Arbeit und, nicht zu vergessen, sein nahe bevorstehender qualvoller Tod – einfach zuviel, das Ganze. Wenn jetzt auch an seiner großen Liebe der Zahn der Zeit genagt hatte, würde sich sein Tod nicht nur in einen natürlichen, sondern fast in einen verdienten und keinesfalls verfrühten Abgang verwandeln. Eines stand fest: die Ankündigung seines Todes hatte im nachhinein schmerzliche, beklagenswerte und vielleicht auch ungerechte Auswirkungen auf ihn. Denn immerhin hatte er nun innerhalb weniger Stunden aus seinem Leben eine einzige Serie von Pleiten und persönlichem Versagen gemacht ... Er, der sich tags zuvor noch als glücklichen, wenn nicht gar vom Glück verwöhnten Menschen beschrieben hätte; als einen Menschen, der so zufrieden war, daß er auf diese zweifelhaften Höhepunkte verzichten konnte.

Oje, die ganze Zeit über hatte er sich ganz schön getäuscht! Aber welcher Mensch, egal ob mächtig oder armselig, war nicht wenigstens einmal im Leben mit Herzklopfen aufgewacht, von Entsetzen gepackt angesichts der Unbeständigkeit der Dinge, der Vergänglichkeit der Seinen und dem eigenen unabwendbaren Tod? Welcher Mensch, durch Zufall und vielleicht durch Glücksfall sogar als Wunschkind geboren, wäre nicht entsetzt bei dem Gedanken, wie sehr dieses Leben von seinen mageren, ob nun körperlichen oder geistigen Fähigkeiten abhing, die er sich natürlich ganz anders erträumt hätte. Nun ja, all das war sattsam bekannt, und ob man nun sofort oder erst später starb, spielte wohl keine übermäßig große Rolle. Eben doch! Unser Verstand hat sich zwar an den Tod gewöhnt, aber man verschiebt ihn immer auf später, was Ängste irgendwie beschwichtigt. Jedoch der Tod in Reichweite – da saß der Haken, der wunde Punkt. Das, das wollte ihm nicht in den Kopf. Er konnte nichts dafür. Ein Argument war das nicht. Nur weil er nach einem Zeitplan abtreten sollte, der seinen Erwartungen nicht recht entsprach, brauchte er doch kein solches Theater zu machen. Als er sich noch in der Sicherheit wiegen konnte, daß er irgendwann später sterben würde, wie eben jedermann auf der Welt, war er glücklich gewesen. Ein glückliches Geschöpf. Jemand, der es akzeptierte, ein Geschöpf zu sein, das wenig Beachtung fand. Und er war für Begeisterung, Leidenschaft und Dankbarkeit offen gewesen. Trotz allem. Abgesehen von allem. Wegen allem. In dieses glückliche Geschöpf mußte er sich wieder zurückverwandeln, oder er hatte rein gar nichts vom Leben begriffen, hatte gar kein Leben gehabt. Eine Ehrensache war das: Es ging um Leben oder Tod!

❧

Erst als er das Büro verlassen hatte, erinnerte er sich daran, daß er ursprünglich gekommen war, um eine Bestandsaufnahme von allen Projekten, Plänen – kurz der gesamten Arbeit – zu machen. Er hatte einen Mitarbeiter benennen wollen, den er als Stellvertreter und Nachfolger vorzuschlagen gedachte. Er hatte den Profi spielen wollen und sich statt dessen auf eine merkwürdige Unterhaltung mit einem von Mathildes verflossenen Verehrern eingelassen. Merkwürdig war sie gewesen, aber herzlich; diese Telefonnummer auf seinem Schreibtisch war für ihn der einzige Lichtblick dieses Tages.

Matthieu kehrte in seinen Wagen zurück, der anstatt nach Wind nach Tabak, dem Papier der Baupläne, die sich auf dem Rücksitz stapelten, und nach ihm selbst roch. Und plötzlich ging Matthieu der Gedanke durch den Kopf, daß das Auto der einzige Ort auf der Welt war, den er für sich allein hatte. Die Wohnung gehörte Hélène, die darin zusammen mit ihren Blumen, ihrem Parfum und diesem Sandelholzduft residierte, den sie überall, sogar über die Lampen, versprengte. Er hatte nicht einmal diese vier Wände, zwischen denen sich sonst jedermann wohl fühlen durfte: Ihm fehlte sogar ein Zuhause. Nur dieses wunderliche, mit Zigarettenkippen und Architektenplänen vollgepfropfte, fahrbare Wohnzimmer gehörte ihm, und er begriff nun, daß manche Autofahrer imstande waren, mit dem Wagenheber aufeinander loszugehen, wenn ihnen einer eine Beule in ihre Karre und einzige Zuflucht fuhr.

Geradezu inbrünstig summte er vor sich hin: »Die einzige Zuflucht. Meine Zuflucht! Zuflucht meiner Nächte, Zuflucht meines Lebens.« An einer Ampel mußte er halten, und als er zur Seite blickte, bemerkte er den fragenden, ja besorgten Blick des Autofahrers neben ihm. Und als wäre er einer dieser vierzigjährigen Jazzer, denen man in Paris so häufig begegnete, begann Matthieu mit beiden Händen sein Lenkrad in einem für den anderen leider unhörbaren, doch unzweifelhaft wilden Rhythmus zu bearbeiten. Er sang: *»Meine Zuflucht, 's ist meine Zuflucht, Zuflucht meines Lebens«*, und das Ganze intonierte er auf die Melodie von »Night and Day«. Bestimmt wirkte er noch viel wunderlicher als vorher, aber irgendwie auch normaler. Als die Ampel auf Grün umsprang, ließ Matthieu seinen Nachbarn vorfahren und stellte mit einem kurzen Seitenblick fest, daß dieser im Profil sichtlich beruhigt wirkte.

Nein, er war nicht verrückt, und er konnte es auch beweisen. Aber wem oder wie? Der Zeitgenosse da hinter dem Lenkrad sah schon aus wie ein Blödmann, wenn er den Mund zuhatte, was mußte das erst geben, wenn er ihn aufmachte? Sollte Matthieu also, sobald er unter Leuten war, nicht besser den völlig Normalen, vor Gesundheit Strotzenden spielen, um einer Schar von Schwachköpfen etwas vorzugaukeln? Genau wie heute morgen, als er diesem Fiesling von Hamster den seelisch gefestigten, starken Mann vorgespielt hatte. Sollte er sich, den Blick in der Ferne verloren und von allen bewundert, stoisch und würdevoll geben? Bloß nicht! Lange genug hatte er der Gesellschaft, deren Sitten, Umgangsformen und Riten gehuldigt, als daß er jetzt auch noch kurz vor seinem Tod den Helden spielen wollte ...

Und wozu auch? Es stimmte zwar, daß man irgendwann zu dem wurde, was man vorzugeben trachtete, und daß man möglicherweise tatsächlich irgendwann unempfindlich oder unantastbar wurde, nachdem man es lange genug von sich selbst behauptet hatte. Er wollte versuchen, fröhlich, locker und unbekümmert zu sein. Hierin wollte er sein Bestes geben: um bei den anderen den Anstand zu wahren und sich vor sich selbst zu schützen. Aber nicht bei Fremden. Wenn ihm danach war, würde er auch mitten auf irgendwelchen Caféterrassen zu heulen anfangen. Der Gesellschaft gegenüber war er überhaupt nicht verpflichtet, ganz und gar nicht. Ein krampfhaftes Lachen schüttelte ihn, als er an das Finanzamt dachte. Diese Banditen konnten dieses Jahr lange und vergeblich darauf warten, ihm die Taschen umzudrehen! Leichentücher hatten keine Taschen! Zumindest das war »positiv«!

Ach ja, apropos! Ob man ihn bei seinem Begräbnis wohl in einen dreiteiligen Anzug oder in ein echtes Leichentuch hüllen würde? Gab es da irgendwelche Vorschriften? Oder Bräuche? Wie würde das vor sich gehen? Mußte er höchstpersönlich seinen Sarg vorbestellen? Und die Musik für die Totenmesse? Vielleicht das *Requiem* von Verdi? Oder diese Kammermusik von Schubert, bei der er immer so dahinschmolz? Oder ein Stück von Schumann, den er so liebte? Er hielt an einem Laden und kaufte sich das *Requiem*, das in seinem Kassettendeck nun Tina Turner verdrängte. Wirklich, es fiel ihm schwer, sich selbst tot vorzustellen! Warum eigentlich kein Luxusbegräbnis? Ob er sich wohl bei Sulka ein Leichentuch bestellen sollte? Er könnte sich ja auch einäschern lassen? Nein! Feuerbestattung wäre für die sowieso schon leidgebeugten Trauergäste eine allzu schmerzliche Prozedur. Er wußte das aus eigener Erfahrung. Und außerdem, wenn es denn schon sein mußte, dann konnte er nun seinerseits dieser großzügigen Erde Nahrung spenden, um sich, so dürftig dies auch ausfallen mochte, für ihre Geschenke zu revanchieren. Sollten doch Insekten, Pflanzen und Wurzeln munter an seinen Knochen nagen. Das war schlichter, natürlicher, erdverbundener. Obwohl er weder eine bäuerliche Abstammung noch landwirtschaftliche Kenntnisse aufzuweisen hatte, hegte Matthieu eine Schwäche für alles Ländliche, das Mensch und Ding anhaftete.

# Kapitel 8

Die Rue de Tournon, die vorübergehend im Sonnenlicht lag, wirkte mehr denn je wie ausgestorben. Auf Matthieu hatte sie schon immer wie eine Filmkulisse aus dem Jahr 1943 gewirkt: eine Straße, in die gleich ein Haufen Soldaten einfallen würde und in der sich ansonsten nur hartgesottene, stets wachsame Männer oder ein paar Leichtsinnige sehen ließen. Diese Straße hätte auch in einer Provinzstadt liegen können, mit ihren ehrwürdigen, anständigen und stattlichen Häusern aus dem 18. Jahrhundert, die alle gleich aussahen und zwischen denen die Goldtöne des Senatsgebäudes zweifelhaft und anachronistisch wirkten. Aus diesem Senatsgebäude, oder vielmehr aus dessen Schilderhäuschen, tauchte von Zeit zu Zeit ein Uniformierter auf, der dann eine schwarze Limousine mit Stander ein- oder ausfahren ließ, um gleich darauf wieder, rhythmisch wie ein Automat, in seinem Schilderhäuschen zu verschwinden. Der perfekte Verlauf der Straßenflucht wurde lediglich durch das Café-Tabac unterbrochen, dessen vier Tische und zehn Stühle jeden Sommer von neuem den Bürgersteig zierten. Eine ruhige Straße war es, vielleicht ein bißchen zu ruhig für die impulsive Mathilde, die er sich hier aber trotzdem ganz zufrieden vorstellen konnte. Sie liebte es nämlich, hie und da ein Schwätzchen mit den kleinen Kaufleuten zu halten, im Sommer schnell mal im Morgenrock ihr Brot kaufen zu gehen und im Winter zu Hause gemütlich zu schmökern. Mathilde, die, wenn es sie plötzlich überkam, Lärm nicht ausstehen konnte.

Matthieu trank einen Perrier. Dabei starrte er unentwegt zum Tresen hinüber, auf dem das Telefon stand. Am liebsten hätte er Mathilde sofort aufgesucht, ohne sie vorher anzurufen. Der Ausdruck in ihren Augen in dem Moment, wenn sie ihn zu Gesicht bekam, noch bevor sie Zeit hatte, ihre Fassung wiederzuerlangen, war ihm wichtiger als alle Worte.

Doch abgesehen davon, daß er noch niemals jemand ohne Voranmeldung aufgesucht hatte und dieses Prinzip starrsinniger einhielt als etliche andere von scheinbar größerer Bedeutung, mußte er sie wohl oder übel sowieso anrufen, um ihre Hausnummer in Erfahrung zu bringen. Er hatte Herzklopfen, und trotz des Perriers fühlte sich seine Kehle wie aus Pappe an, als er im Stehen ihre Nummer wählte. Durch die Fensterscheibe hinter der über Kreuz hängenden Gardine beobachtete er auf der Straße einen herumstreunenden Hund und unweit von ihm einen alten Mann, der denselben Eindruck machte. Beide überquerten schließlich die Straße und trennten sich wieder, nachdem sie vorsichtig zusammen den Zebrastreifen überquert hatten. Wieder und wieder ließ er es klingeln. Ohne Erfolg. Doch Matthieu erinnerte sich an tausend Einzelheiten aus Mathildes Leben und besonders an ihre Fähigkeit, nicht auf das Telefon zu hören und hartnäckigem Geklingel erst dann nachzugeben, wenn man schon völlig entnervt war. Also ließ er nicht lokker, und plötzlich hob jemand ab.

»Ja?« sagte eine kaum hörbare und junge Stimme in fragendem Tonfall.

Mathildes Stimme.

»Ich bin's«, sagte er in plötzlich aufsteigender Verzweiflung. Denn was tat er da überhaupt? Weshalb störte er sie auf? Mit welchem Recht kehrte er in das Leben dieser Frau zurück, die ihn zehn Jahre zuvor hatte sitzenlassen? Um ihr seinen baldigen Tod anzukündigen? Er war verrückt, einfach unmöglich. Ein anmaßender, eingebildeter Fatzke.

»Ich bin's«, sagte er. »Ich, Matthieu ...«

»Matthieu ...«, wiederholte sie. »Matthieu! Ja, wo bist du denn?«

»In der Kneipe, hier in der Rue de Tournon.

Aber ich … äh … ich würde dich gern mal sehen …«

»Ich wohne im Haus Nr. 12«, sagte sie wie selbstverständlich. »Im Erdgeschoß, Hinterhaus. Laß mir bitte zehn Minuten Zeit, und dann komm rüber, ja?«

Sie legte auf, und als hätte er nie daran geglaubt, sie tatsächlich wiederzusehen, war Matthieu plötzlich völlig verwirrt. Er mußte sich einen Plan ausdenken. Jetzt, da er sie wiedersehen sollte, konnte er ihr doch unmöglich von seinem trübseligen Abenteuer erzählen. Vielleicht war sie verheiratet, auf jeden Fall lebte sie mit jemandem zusammen. Womöglich meinte sie, ihn hätten die Gefühle von einst wieder übermannt. Nein, er durfte ihr nichts sagen. Mit welchem Recht durfte er sie nach zehnjähriger Trennung mit seinem Tod behelligen? Sie hatte nichts damit zu schaffen. Ihrer beider Leben verliefen seit geraumer Zeit parallel und fern voneinander. Sie konnte nur schockiert und gereizt reagieren beim Anblick dieses Tölpels, der, einstmals amüsant, plötzlich wieder aufkreuzte und dabei seinen Tod wie einen Passierschein hin- und herschwenkte. Mit welchem Recht?

Zehn Minuten. Gerade mal eine Minute war inzwischen verstrichen. Die Zeit schleppte sich dahin. Diese Zeit, die ihm doch seit heute geradezu davonlief. Blumen! Er sollte ihr Blumen mitbringen. Die Straße hinunter, erklärte ihm der Cafébesitzer, gebe es einen Blumenhändler, der zwar nur Rosen habe, aber dafür wunderschöne! Er rannte die Rue de Tournon hinunter und kehrte, beladen mit pastellfarbenen Pfarrhausrosen, die nach Sommer und Ferien dufteten, im gemäßigten Laufschritt zurück.

Doch es waren erst fünf Minuten vergangen. Er fühlte, wie er rot geworden war, man konnte ihm alles anmerken, ganz wie einem täppischen Verliebten, und unwillkürlich wich er dem Blick der gottlob nur sehr wenigen Passanten aus. Auch wagte er es nicht, in dieses Café zurückzugehen, obwohl er fast verdurstete. Es ängstigte ihn weit mehr, Mathilde wiederzusehen, als in sechs Monaten an Krebs zu sterben, dachte er. Sein Leben lang hatte er ästhetischen und emotionalen Dingen mehr Bedeutung beigemessen als materiellen, was ihm freilich manchen Ärger eingebracht hatte; und sei es auch nur mit Hélène, die nicht begreifen wollte, daß die Lust stärker sein konnte als die Aussicht auf einen Ehekrach oder daß die Begeisterung für ein Architekturprojekt die Erfahrungen, die er mit unehrenhaften Unternehmern gemacht hatte, komplett vernebeln konnte. Beim Kauf der Rosen hatte er auch das Haus Nr. 12 ausfindig gemacht. Es war ein Stadthaus aus dem 18. Jahrhundert, ganz im Stil dieser Straße, das er zum verabredeten Zeitpunkt betrat.

Ein hübscher Hinterhof mit unregelmäßigem Pflaster umrahmte einen einsamen Baum, der drolligerweise genau in die Mitte gepflanzt worden war. Kurz entschlossen überquerte er den Hof, blieb vor der Tür im Erdgeschoß stehen und klingelte ebenso kurz und entschlossen. Unverzüglich ging die Tür auf, und vor ihm stand Mathilde, die sich nicht verändert hatte, wie er mit Erleichterung feststellte, während er sie, oder sie ihn, in die Arme schloß.

Ich bin zurück, schoß es ihm durch den Kopf, ich bin zurückgekehrt! Und zum ersten Mal an diesem höllischen Tag überkam ihn ein Gefühl immenser Erleichterung, und er schloß die Augen.

Sie hatte ihn ins Innere der Wohnung gezogen und im Handumdrehen um die eigene Achse und ins volle Licht gekehrt, so daß sie im Gegenlicht stand. Das war eine alte Angewohnheit von ihr, wenn sie glaubte, schlecht auszusehen. Er wußte das und wehrte sich nicht dagegen.

Sie trug einen jener langen Morgenröcke, granatrot und mit russischem Kragen, der ihre hohen Backenknochen, ihre mandelförmigen, strahlenden Augen und die volle Kontur ihrer Lippen noch unterstrich. Sie war eine Mischung aus Frau von heute und Frau von einst, romantisch und zugleich emanzipiert, eine in sich gespaltene Persönlichkeit; sie konnte verführen, wen immer sie wollte. Schon jetzt ging es Matthieu nicht mehr um das Gestern oder Vorgestern, und auch nicht darum, Mathilde die Wahrheit zu sagen. Er wollte nur noch eines: ihr gefallen. Doch er wußte, daß der neue Matthieu – der zum Tode verurteilte Matthieu – größte Mühe haben würde, sich in Schweigen zu hüllen und der einzigen Person, die er liebte, das bevorstehende schreckliche Ereignis zu verheimlichen …

»Du siehst immer noch so gut aus wie früher!«

Lächelnd und unverhohlen musterte sie ihn.

»Ich bin älter geworden«, meinte er. »Na ja, ein wenig jedenfalls.«

»Ja, da. Da und da …«

Sie tupfte ihm mit dem Finger auf Stirn, Mundwinkel und Wangen.

»Aber das nennt man Reife! Der ach so berühmte Charme männlicher Reife – der bei Frauen leider nicht existiert, darauf muß ich dich wohl oder übel hinweisen …«

»Du hast dich nicht verändert«, sagte er ganz aufrichtig.

Sie lachte auf und nahm ihn bei der Hand.

»Komm, setz dich her. Da, vor das Fenster, denn ich bin sehr wohl älter geworden! Darf ich dich daran erinnern, daß du immer sieben Jahre jünger gewesen bist als ich. Also, rechne nur mal ein bißchen nach!«

»Du bist so bezaubernd wie immer. Du profitierst doch heute bestimmt noch genauso davon?«

fragte er in gekränktem Tonfall, der an die alten Zeiten erinnerte und sie beide zum Lachen brachte.

Großer Gott! Diese Frau war einmal meine Frau, meine Lebensgefährtin! Er erkannte sie als solche wieder. Und er erkannte sich als ihren Gefährten wieder. Niemals hätte er ihre Trennung akzeptieren dürfen! Und sogar sein baldiger Tod verblaßte. Ja, er hatte einen Grund zum Leben gehabt. Er hatte einen Grund gehabt, *trotz allem* zu leben. Und zusammen mit der großen Erleichterung, mit dem alten Glück, schüttelte ihn ein hemmungsloses, verzweifeltes Schluchzen. In sich zusammengesackt, kauerte er vor Mathilde, die zu Tode erschrocken dasaß.

»Entschuldige!« schnaufte er. »Entschuldige, aber ich … ich bin gekommen, um dir zu sagen … weil ich es nur dir sagen kann, denn ich habe immer nur dich geliebt, das weißt du ja … Stell dir vor, ich habe da was an der Lunge, das … Sechs Monate, um es kurz zu machen, mir bleiben nur noch sechs Monate … Und das da draußen«, fügte er in schmerzlichem Ton hinzu und deutete durch das Fenster in Richtung Straße. Dicht über sein Gesicht gebeugt, küßte ihn Mathilde wieder und wieder zwischen seinen tränennassen Fingern hindurch, die ebendiese Tränen verbergen wollten.

»Mein armer Liebling«, flüsterte sie. »Wie mußt

du unglücklich sein! Hast du Angst? Hast du Schmerzen? Du hast doch hoffentlich keine Schmerzen, oder? Bist du sicher, daß dir nichts weh tut? Mein armer Schatz! Gibt es wenigstens jemanden, der dir hilft? Wem hast du es erzählt? Und seit wann weißt du es überhaupt? Du hättest gleich zu mir kommen sollen.«

»Seit heute morgen«, stammelte er. »Oh, was für ein höllischer Tag! Ich habe es nur ... na ja, zwei Idioten gesagt«, fuhr er fort, denn er wollte ihr nicht beichten müssen, um wen es sich bei den fraglichen Idioten handelte: Erstens um seine derzeitige Geliebte, die nicht einmal ein Drittel von Mathildes Aufmerksamkeit, Küssen und besorgter Zärtlichkeit für ihn aufgebracht hatte, und zweitens um seinen besten Freund, der keine einzige freundschaftliche Geste gemacht hatte, und das bloß wegen ein paar läppischer Geschäfte.

Nach so vielen gemeinsamen Jahren hatten weder die eine noch der andere die richtigen Worte gefunden, Mathilde aber hatte sie nach zehn Jahren der Trennung. O ja, es war richtig gewesen, Mathilde zu lieben. O ja, er war verrückt gewesen, sie zu verlassen. (Im Überschwang der Gefühle vergaß er völlig, daß *sie* es gewesen war, die *ihn* hatte sitzenlassen.) Er war verrückt gewesen, all die Jahre auf dieser bitteren, öden Welt ohne sie zu leben. Er verachtete sich selbst für seine Dummheit. Er stöhnte laut auf und war bestürzt, als er sich so stöhnen hörte. Es war das Stöhnen, das er den ganzen Tag über unterdrückt hatte, hervorgerufen durch das vermeintlich vergessene Bild des ausschlagenden Pferdes in Evry oder auch ausgelöst durch das gefühllose Herz eines Tankwarts – all diese Seufzer brachen nun aus ihm heraus. Er spürte, wie ihr kindisches Lamento geradezu unverschämt die unbekümmerte Ordnung dieses fremden kleinen Wohnzimmers störte. Er machte sich Vorwürfe – zwar fühlte er sich sicher und geborgen –, aber er machte sich Vorwürfe. Vorläufig, denn Mathilde würde die Dinge in die Hand nehmen. Mathilde würde sich um ihn kümmern. Sie würde alles tun oder auch nichts, das spielte keine Rolle, denn sie würde sich seiner annehmen und an seiner Seite auf den Mann mit der Sense warten.

»Und deine Frau?« sagte diese Stimme über ihm. »Ich dachte, du bist verheiratet?«

»Ich habe ihr noch nichts erzählt. Ich habe sie heute den ganzen Tag noch nicht gesehen ...«

»Konntest du sie denn nicht erreichen? Konntest du nicht ...«

Mathilde brach ab. Die Beziehung zwischen Matthieu und seiner Frau blieb ihr verborgen, und das war ihr auch ganz recht so.

»Putz dir mal die Nase«, sagte sie. Dabei hielt sie ihm wie einem Kind ihr Taschentuch an die Nase und verlieh ihrem Griff so viel energischen Nachdruck, daß er mehrmals geräuschvoll schneuzte.

Matthieu genierte sich, weil er recht genau spürte, wie verstört und von zurückgehaltenen Tränen rot und verschwollen sein Gesicht aussehen mußte ... Übrigens hatte er nicht sonderlich erfolgreich gegen sie angekämpft: Er fühlte, wie seine eigenen in Mathildes Hand geschmiegten Wangen zwischen feuchten Haarsträhnen badeten.

Welch reizende Heimkehr zu einer Frau wie Mathilde! sagte er sich. Wenn ihre ehemaligen Liebhaber sie alle schniefend und heulend wieder aufsuchen würden, hatte sie ja mit recht unterhaltsamen Nachmittagen zu rechnen.

»Was treibst du eigentlich so?« fragte er und blickte zu ihr auf. Sie ging plötzlich auf Distanz und lehnte sich im Sofa zurück. Immer noch hielt sie seine Hand, war aber wieder um einen guten Meter von ihm getrennt, einen Meter, der Matthieu unerträglich schien. Und sie kannte ihn noch gut, denn indem sie mit nachdenklicher Stimme seine Frage wiederholte: »Was ich so treibe?«, machte sie ihm ein Zeichen, näher zu rücken, und legte seinen Kopf auf ihre Schulter.

»Das weißt du doch: Ich wähle aus französischen Kollektionen Modelle aus und bringe ausländische Konfektionshäuser dazu, sie zu kaufen. Wie schon vor mehr als zehn Jahren.«

»Ich hatte immer den Eindruck, daß du überhaupt nichts tust!« sagte Matthieu ziemlich unverblümt.

Sie begann zu lachen.

»Ich habe nicht übermäßig viel getan! Das ist wohl wahr. Es gab immer jemanden, der mir meine Miete und ein bißchen Luxus bezahlte. Und nun – natürlich genau jetzt, wo ich wirklich verdienen muß – ist die Konkurrenz sehr hart.«

»Wieso müssen? Erzähl mir bloß nicht, du würdest keinen finden, der ...«

»Erstens würde es mir viel schwerer fallen, einen zu finden, als du in deiner gefühlsduseligen Kurzsichtigkeit meinst, mein Schatz«, sagte sie lachend, »und außerdem lebe ich mit jemandem zusammen, dem es gar nicht passen würde, wenn ich mich auf die Suche nach wem oder was auch immer machen würde.«

Es war plötzlich still.

»Dein Engländer? Richtig, du hast einen englischen Ehemann. Ich dachte, er lebt in England.«

»Ich habe dort einige Zeit verbracht, dann ließen wir uns scheiden. Ich habe ihn wegen seines Cousins verlassen, der ist nicht so reich und schön, dafür aber ... netter. Er möchte, daß ich erstens glücklich und zweitens bei ihm bin. Das ist eine Reihenfolge, die äußerst schwer zu finden ist, wie ich dir versichern kann, egal, ob bei einem Mann oder bei einer Frau.«

Wie vor einer unnötigen Grausamkeit wandte Matthieu den Kopf ab. Dieser Satz wirkte auf ihn geschmacklos und deplaziert. Mit welchem Recht erachtete er ihn als deplaziert? Welchen Platz nahm er schon nach über zehn Jahren ein, daß er sich darüber aufregte, wenn ein anderer sie glücklich machte?

Es war unglaublich. Doch gleichzeitig erkannte er in Mathildes Tonfall diesen Zynismus wieder, mit dem sie beide über ihre früheren Liebschaften berichtet hatten. Fröhlich wie erfolgreiche Jäger und mit sehr wenig Reue hatten sie darüber gesprochen, als wären es Jagdtrophäen. Doch diesmal hatte Mathilde einen netten, anständigen Mann, einen guten Menschen gefunden. Obwohl Matthieu gutmütige Menschen ebenso suspekt waren wie Idealisten, Absolutisten, Fanatiker und Empiriker. Wie alle, die seinem eigenen Wesen fremd gegenüberstanden und ihm deshalb gekünstelt vorkamen. Ja, man konnte Mathilde lieben, trotz der Leiden, die sie einem bescherte. Hätte er selbst eigentlich anderes hinnehmen können als diesen von ihr verfügten Bruch zwischen ihnen? Hätte er wohl mehr entwickeln können als nur diese Angst, sie zu verlieren, ihr nicht gewachsen zu sein und an ihr zweifeln zu müssen? Hätte er sie genügend lieben können, um mehr davon zu ertragen? Aber hätte er es auch besser ertragen? fragte er sich plötzlich. Seit acht Stunden hatte er sich so dumm benommen und war so unglücklich gewesen, daß er sich bereit fühlte für ein gegen jegliche Zerstörung gefeites Glück. Er hatte sich plötzlich immun geglaubt gegen verliebte Reaktionen und Widersprüche. Doch hätte er tatsächlich damit umgehen können, wenn er mehr für sie bedeutet hätte, wenn sie seine Liebe erwidert und ihm dies auch gesagt hätte? Hätte er eine tiefere, gefährlichere und ausgeglichenere Liebe von Mathilde zu schätzen gewußt? Hätte er nicht vielmehr die Flucht ergriffen? Er hatte keine Antwort.

Vielleicht waren es gerade Mathildes Eskapaden, ihre Marotten und Zornesausbrüche gewesen, ihre Unaufrichtigkeit und Unzuverlässigkeit, daß sie alles ausgelebt hatte, was einen Keil zwischen ihn und sie hätte treiben können, vielleicht war es das gewesen, was ihn so an ihr bezaubert hatte? Hätte er sie als treusorgendes Heimchen am Herde lieben können? Nein, gewiß nicht. Als der Dummkopf, der er übrigens geblieben war, hatte er sich immer unwiderstehlich zum Typ der Femme fatale und zu kleinen Biestern hingezogen gefühlt. Er hatte nicht gewußt, daß er sich eines Tages, also heute, wünschen oder besser gesagt den Himmel darum anflehen würde, daß ebenjener Typus Frau das Herz einer Mutter Theresa für ihn aufbringen sollte.

Gott sei Dank tat dies nun Mathilde – wenigstens vorübergehend. Schon immer hatte sie eine blökende Herde aus Opfern der Liebe hinter sich hergezogen. Vielleicht war er selbst nur einer unter vielen? Sofort hatte er das Gefühl, wieder in seine anfängliche Einsamkeit und das den ganzen Tag über durchgemachte Entsetzen abzurutschen. Wie einen Windstoß spürte er das Grauen, die Brutalität und die unverrückbare Tatsache, daß sich sein Körper in den kommenden sechs Monaten seinem Willen, der Wissenschaft und seiner Lebensfreude zum Trotz zersetzen würde. Doch der berüchtigte Huf sauste an ihm vorbei, und seine Angst ebbte wieder ab. Womöglich war es einfach Mathildes Nähe, die sie linderte?

Vielleicht, weil der Gedanke an den eigenen Tod, an das schwarze Chaos, an das Nichts, das einen erwartete, nur zu ertragen war, wenn man sich diesen Jemand – das eigene Selbst – als ein geliebtes, bedauertes, weithin bekanntes und beweintes Wesen vorstellen konnte. Man wollte sich selbst als jemanden sehen, der geschätzt worden war, der zählte oder zumindest in den Augen eines anderen gezählt hatte. Vielleicht existierte er nur als eine Nummer auf einer anonymen Liste, ein Unbekannter, ein Schatten, der niemals einen anderen Menschen beeindruckt hatte, niemals ein anderes Herz hatte höher schlagen lassen, bei niemandem auch nur eine einzige zärtliche oder schmerzliche Erinnerung hinterließ. Wenn diese bereits zu Lebzeiten unerträgliche Anonymität in einem Massengrab endete – in dem großen Massengrab der Allerweltsgesichter, der zu »vernachlässigenden Größen«, der Uninteressanten, der Unbedeutenden –, dann, also dann wurde der Tod mehr als unerträglich. Er wurde zur Demütigung, zur schlimmsten Demütigung ... Schon den ganzen Tag über war ihm sein Tod unerträglich erschienen, und das nicht, weil man ihm ein so farbloses Bild seiner selbst vorgeführt hatte, sondern einfach deshalb, weil es einen Matthieu zeigte, der nicht geliebt und nicht gebraucht wurde. Lediglich Mathilde hatte ihm nach zehn Jahren vermittelt, wie anziehend er einmal gewesen war, daß er es immer noch war und wie sehr sie um ihn trauern würde. Wie fest entschlossen sie ihn in seinen letzten Monaten Schritt für Schritt begleiten, sich um ihn kümmern, ihn pflegen und liebevoll umsorgen wollte. Stets würde sie ihm, in welchem Zustand er auch war, das Gefühl geben, er sei wieder der strahlende Liebhaber, der männliche und jugendliche Sieger, der Matthieu, den sie einige Monate lang geliebt oder dessen Liebe sie geliebt hatte.

Es war, als seien alle Erwartungen seiner Jugend, die nach und nach durch den Alltag erstickt, geknebelt, in jedem Fall aber auf ein Minimum reduziert worden waren, in diesem Augenblick, da ihm der Tod winkte, krakeelend und lärmend zurückgekehrt. Und was das Leben erträglich gemacht hatte, diese langgedehnte Enttäuschung für allzu gefühlsbetonte Menschen, erwies sich nun im Grunde genommen als ein einziger von der Geburt bis zum Tod dauernder Aufschrei. Obwohl beim Sterben in den Krankenhäusern – übrigens zum Glück – immer seltener geschrien wurde, man war zu benommen von den vielen Tabletten. Das bewies allein schon die Tatsache, daß man sich nicht mehr jene berühmten letzten Worte der Sterbenden weitererzählte, die die Hinterbliebenen früher oft getröstet oder sie einfach zutiefst gerührt hatten.

»Er kommt heute wohl nicht heim, dein ... dein Engländer?« fragte er angelegentlich, gegenwärtig seiner Position sicher.

Er bemerkte, daß Mathildes Lippen ein kleines Lächeln umspielte, und zum ersten Mal heute hatte er das Gefühl, daß ihm sein Charme noch nicht völlig abhanden gekommen war.

»Montags und dienstags ist er in London.«

»Und du meinst, er hat nichts dagegen, wenn du mich pflegst, dich um mich kümmerst?«

»Ich denke, nein. Wir haben uns zu sehr geliebt, ich dich und du mich, als daß wir einander jetzt im Stich lassen dürften«, sagte sie, während sie ihm mit einem unendlich vertrauensvollen Blick durchs Haar strich. Er fand das um so rührender, als ja er derjenige war, der sich ihr völlig überließ, sich ihr anvertraute und womöglich ihr Leben auf den Kopf stellte.

Was hatte er doch für ein unerhörtes Glück gehabt, Mathilde wiederzufinden! Er, der so ängstlich gewesen war und an ihr und dieser unverhofften Liebe in seinem verpfuschten Leben gezweifelt hatte! ... Schon wieder standen ihm die Tränen in den Augen, und dieses Mal versuchte er, sie wirklich vor ihr zu verbergen. Doch ohne Worte wischte Mathilde sie von sich aus mit dem Ärmel ihres Morgenmantels und so selbstverständlich fort, als hätte sie nie etwas anderes getan, als einem fast vierzigjährigen Mannsbild, Rugbyspieler und Macho, der in sechs Monaten zu sterben hatte, die Tränen der Dankbarkeit zu trocknen.

Er war zu groß geraten für Mathildes Sofa. Er mußte die Beine anziehen und hatte sich, den Kopf auf ihre Schulter gelehnt, durch diese falsche Haltung einen Krampf eingehandelt, der sich nach und nach in ein sehr konkretes, körperliches Verlangen verwandelt hatte. Von diesem und jenem plaudernd, gingen sie in Mathildes Schlafzimmer hinüber.

Er folgte ihr oder, besser gesagt, ging ihr in das abgedunkelte Schlafzimmer voran. Dort verbreitete auf dem Teppichboden, genau wie schon Jahre zuvor, eine Lampe ihr warmes Licht. Rasch, wie er es früher immer getan hatte, entkleidete er sich in ihrem jetzigen Bad, es war praktischer und zugleich weniger raffiniert als früher. Ringsum standen in rauhen Mengen Kosmetika, getrocknete Blumen, hingen flauschige Frottiertücher, Illustrationen und gestreifte Morgenmäntel, die er im Geiste für geschlechtslos erklärte. So eilig, wie er sich unter die Dusche gestellt hatte, stieg er wieder heraus. Dabei stieß er sich heftig, denn sie war schmaler als die in der Rue de Bellechasse. Übrigens war alles enger und kleiner in dieser Rue de Tournon, enger als in ihrer beider Wohnung. Nicht häßlicher oder uncharmanter, aber eben insgesamt enger. Er suchte nach einem Bademantel in Mathildes offenem Regal, dort, wo sie diese üblicherweise aufbewahrt hatte, fand aber keinen. Nur an der Wand hing einer, mit einer Spur Make-up am Kragen. Der Engländer nahm seinen vermutlich mit, wenn er verreiste. Ja, das mußte die Erklärung dafür sein, und es bewies, daß Mathilde ihm die Wahrheit gesagt hatte: Sie lebte einzig und allein mit diesem Mann zusammen. Sie legte nicht mehr zynisch und zuvorkommend für ihre neuen, zufallsbedingten Liebhaber Morgenmäntel und frische Zahnbürsten bereit. Dieser Engländer bewirkte, daß ihnen allen keine Chance mehr blieb. Auch Matthieu hatte ihnen einst, in der leidenschaftlichsten Phase ihrer Beziehung, die Chancen vermiest.

Ein Jahr hatte das Ganze gedauert; ein wundervolles Jahr, das hier nun wieder auflebte, im glückseligen Echo ihrer beider Erinnerung, im Einklang ihrer liebevollen Zuneigung, am immer noch zarten, immer noch sanften, sich immer noch Matthieu darbietenden Hals Mathildes. Auch an diesem Kragen, der hie und da Reste von Make-up aufwies, ganz so wie Mathildes Leben, in dem die Zeit ihre Spuren hinterlassen hatte, und ganz so wie sein eigenes, dem heute der Tod seinen Stempel aufgedrückt hatte. Der Tod und der nicht erfolgte Aufschrei, ein beliebiger Aufschrei der Auflehnung von einem, der Gott und die Mediziner verhöhnte und sich zum Beispiel über den Stadtplan von Manila beugte, um irgendeinen Fakir oder irgend jemanden, der schlicht und einfach seinen Tod widerlegte, ausfindig zu machen. Keiner hatte nach seinem angekündigten Tod aufgeschrien; aber war er nicht selbst der erste gewesen, der die Nachricht akzeptiert und diesen Tod als unvermeidlich hingestellt hatte? Wer (außer diesem Heuchler von Gaubert, der es so eilig hatte) könnte und würde es wagen, das Gegenteil zu behaupten?

Die Hände zwischen die Knie geklemmt, saß er auf dem Badewannenrand. Er hatte große Lust, sich an Mathildes Brust auszuweinen. Sie würde seinen Kummer bezwingen. Diesen natürlichen, animalischen, instinktiven Kummer. Fast schon ein sinnlicher Kummer, wie in jenem Film, wo sich ein Mensch und ein Affe, na ja, eigentlich ein Junge ... oder genauer, ein Menschenkind und ein Affe irgendwo im Dschungel versteckt hielten. Der Affe lag im Sterben, und der kleine Mensch hielt ihn in den Armen und zeigte ihm mit seinen lächerlichen, animalischen kleinen Schreien, daß er ihn liebte, während der Affe ihn anblickte und ihm zeigte, daß er von diesen verzweifelten Augen und kindischen Seufzern getröstet starb. Der Junge weinte und zeigte seinem Freund, daß er ihrer beider zärtlichen Liebe wegen litt. Die Hand in seiner Hand, starb der Affe, und gleich darauf verließ der Junge die Stätte des Todes, um sich auf den Mörder zu stürzen und ihn zu töten. Er gab sich völlig seiner Rache hin, so als hätte er den toten Affen, seinen Freund und Lehrer, bereits vergessen.

Irgend etwas war an diesem jungen Menschen gewesen, etwas Zärtliches und Wildes, das an Mathilde erinnerte. Sie würde alles für ihn tun: Sie würde sein Leiden und Sterben mit ihm teilen und ihm die Augen schließen. Er brauchte gewissermaßen nicht allein zu sterben. Doch kaum hätte sie ihm die Lider geschlossen, würde sich Mathilde wieder ihrem Engländer zuwenden oder vielleicht wie in jenem Film einen Arzt angreifen, der ihn unnötigerweise hatte leiden lassen oder dies zumindest versucht hatte. Mathilde liebte ihn; allen unerquicklichen, abstoßenden Einzelheiten zum Trotz würde sie ihn pflegen. Und bis zum bitteren Ende würde sie ihn im Arm halten. Doch danach würde sie sich möglicherweise schneller darüber hinwegtrösten als Hélène, die es nicht ertragen würde, ihn »so« zu sehen, »aus Achtung vor ihm« und weil sie seinem Stolz und seiner Männlichkeit etwas schuldig zu sein glaubte. Hélène könnte ihm bestimmt nicht die Bettschüssel unterschieben, und es schauderte ihn selbst bei diesem Gedanken (o ja, es wurde höchste Zeit, daß er sich dieses Jagdgewehr besorgte).

Das heuchlerische Getue fiele ungefähr so aus wie das bei Sonia, die es nicht ertragen würde, *»ihren süßen Schatz, ihren schönen Liebling in diesem Zustand!«* sehen zu müssen. Nein, das könnte sie nicht! Es wäre zuviel für sie! Ihre Liebe war viel zu sinnlicher Natur. Wie konnte er das nur verderben, diese Erinnerungen, er, der ihr in dieser Hinsicht schließlich alles gegeben hatte. In jeglicher Hinsicht, übrigens. »Sie wissen doch, Herr Professor …« Er konnte es schon förmlich hören. Zum Glück gab es Mathilde, die er so sehr geliebt hatte, die ihm so viel Kummer bereitet hatte und neben der er nun auf die Knie sank. Er schlüpfte in dieses fremde Bett – diesen unbekannten Kontinent, in dem ihm nur das Parfüm von früher her vertraut war –, in dem das Jetzt gemeinsam mit ihm in Mathildes Arme glitt. Ganz still lag er da, ohne Erregung und Verlangen und ohne sich seiner Passivität wegen zu schämen, die auch ihr offenbar ganz recht war. Das erkannte er an der Art, wie sie ihm die Arme um Hals und Oberkörper schlang und ihn so nahezu fesselte, während sie mit leicht angezogenen Beinen neben ihm lag, so daß ihre Knie die seinen berührten.

Ihr Gesicht mit der Wange und nicht mit dem Mund an sein Gesicht geschmiegt, hatte sie ihre ruhige Hand in seinem Haar vergraben. Es war eine mütterliche Hand, von der er jedoch wußte, wie raffiniert sie sein konnte, und mit der sie nun keineswegs versuchte, ihm dies in Erinnerung zu rufen oder diese sonderbare Lähmung aufzuheben. Wirklich sonderbar, da er doch zehn Jahre lang diesen Augenblick ersehnt hatte … Und es war weder die rundlichere Taille noch der schlaffere, üppigere Busen, die ihn zögern ließen. Beides hätte ihn im Gegenteil eher erregt. Stundenlang hätte er diesen nicht mehr ganz so geradlinigen Nacken geküßt, diese leichten Fettpolster, die wehrlosen Brüste und die Hüften einer Mutter – die sie eben wegen der *Männer* niemals gewesen war. Wegen ihrer zärtlichen Liebe zu diesen so rasch groß gewordenen und darüber so unglücklichen Kindern, diesen eitlen Halbwüchsigen (die sie schon manches Mal trotz deren Verwirrung vor die Tür hatte setzen müssen), diesen verlockend sonderbaren Persönlichkeiten, ganz von ihrer Männlichkeit besessen und voller Sehnsucht nach der Mutter, diesen Kindern, die sich so wenig mit ihrem Alter abfinden wollten, daß sie wahrhaftig nie Gelegenheit bekommen hatte, einen von denen, die mit ihr schliefen, zum Vater zu machen.

All dies begann Matthieu verschwommen zu begreifen, während er sich in Mathildes schützenden Armen, dank ihrer Kraft, Wärme und vertrauensvollen Zuneigung, gehenließ. Diese so romantische, leidenschaftliche, sinnliche Nacht des Wiedersehens, mit ihren Schreien, Erklärungen und Tränen, all das, was er sich hundertmal als einziges Alibi für seine einstige Qual und Sehnsucht vorgestellt hatte, diese ganze romantische Liaison endete also auf diese Weise. Hier. In dieser immer noch innigen Zärtlichkeit – die seiner Exgeliebten, die ihn verlassen hatte –, in seinem unerschütterlichen Vertrauen in sie, die ihn sitzenlassen hatte. Die Bilanz oder Moral dieser Geschichte verlor sich wie alles andere in Konfusion. Er gab auf und schlief ein. Er glaubte zu träumen, was er auch tatsächlich tat, er glaubte, im Traum Lust zu empfinden. Er glaubte, eine fremde Frau zu lieben, glaubte, das Bewußtsein zu verlieren und in einem Krankenhausbett zu sterben. Dann wieder glaubte er, quicklebendig und blutjung zu sein. Er glaubte, jemand, den er sehr gern hatte, rüttele ihn an der Schulter.

Dieses letzte Traumbild war Wirklichkeit: Auf ihre Ellbogen gestützt, küßte Mathilde ihn auf Hals, Kinn und Wange, wobei sie seine rechte Gesichtshälfte mit ihrer linken Hand festhielt. Es herrschte völlige Dunkelheit.

»Liebling, es ist neun Uhr abends«, flüsterte sie. »Du darfst gern wieder einschlafen, wenn du möchtest. Aber du hast von einer Abendeinladung gesprochen ...« Er lächelte, richtete sich auf und küßte sie auf die Schulter. Über ihr so unschuldig verlaufenes Zusammensein verlor er kein Wort. Das alles klärte sich von selbst. Solange er nicht urplötzlich auf der Straße zusammenbrach oder tobend in eine Klinik eingeliefert werden mußte, solange er sich nicht in einer Stunde das Leben nahm oder irgendwohin verschwand – und dies alles ohne Mathilde.

»Ich würde gern ... Weißt du was, du fährst einfach mit mir weg«, sagte er. »Na ja, aufs Land oder so ... Ganz egal, wohin. Wohin du möchtest.«

»Warum nicht«, sagte sie spontan. »Einverstanden, ist beschlossene Sache. Laß mich aber zwei, drei Tage vorher wissen, ob es Helsinki oder Dakar wird, damit ich Zeit habe, mir die passende Garderobe zusammenzusuchen.«

»Und dein Engländer?« fragte er, ohne sie anzusehen.

Er stand mit dem Rücken zu ihr, während er

sich die Krawatte band. Dabei registrierte er, ohne sie wirklich zu sehen, die wenigen Indizien eines nicht unbedingt leichten Lebens. Eines nicht leichten, dafür aber gemeinsamen Lebens. Zum Beispiel dieser dicke Pullover in säuerlichem Blaugrün, gehörte er nun dem Engländer oder Mathilde? Und dieser Bilderrahmen, der ein ihm unbekanntes Landhaus umrahmte, oder dieser sehr weiche, zerknautschte Regenmantel? Alles gehörte ihnen beiden. Während er ... Er, der die Miete für zwei Wohnungen bezahlte – wo war da ein Gegenstand, bei dem man sich auch nur eine Sekunde lang fragen konnte, wer ihn gekauft hatte und wem er gehörte? Ob nun bei Hélène oder bei Sonia, alles war deren Eigentum, deren persönlicher Geschmack. Dafür sorgten schon Gesellschaft und Gepflogenheiten, Werbung und Einsamkeit – alle miteinander verfilzt und verflochten.

»Und er wird nichts dagegen haben, dein Engländer?« fragte er.

»Darüber freuen wird er sich nicht gerade«, sagte sie langsam, »aber er liebt mich und weiß, daß ich ihn liebe und daß ich dich geliebt habe. Nein ... Nein. Übrigens werde ich es ihm soweit wie möglich verheimlichen«, sagte sie kühl, indem sie sich ihm zuwandte.

»Die Wahrheit, die strahlende Wahrheit war doch noch nie unser Fetisch und ist es auch nicht geworden, oder?«

Sie brach in schallendes Gelächter aus. Und mit einem Schlag tauchten vor Matthieu Bilder aus der Vergangenheit auf: Schwarzweißaufnahmen aus den Anfängen ihrer Liebe, als sie beide ihre Müh und Not gehabt hatten, die aktuellen Partner loszuwerden und zusammenzukommen. Ganz behutsam wollten sie sich von den anderen trennen, das hatten sie einander in der Rue de Varenne gelobt, wo das Rodin-Museum als Versteck für ihre Rendezvous gedient und die berühmte Skulptur *Der Kuß* ihrer Lust und ihrem unerfüllten Verlangen Gestalt gegeben und sie ins unerträgliche gesteigert hatte. Welch sonderbarer Gedanke: diese so klassische, diskret keusche und andererseits so aufreizende Skulptur ... Aber was hatte damals nicht erregend auf sie gewirkt, im ersten Ansturm ihrer Sinnlichkeit? Jener Sinnlichkeit, die sich auf beiden Seiten in Leidenschaft und – wie beide verblüfft und ängstlich, aber auch beglückt beobachteten – in Liebe zu verwandeln schien ... Ja ja, *Der Kuß* von Rodin, so keusch und so leidenschaftlich zugleich.

»Erinnerst du dich noch an unsere Skulptur?« fragte er. »Er sitzt und sie auch. Auf was, weiß ich nicht mehr so genau. Die Hand auf ihrer Hüfte, beugt er sich über sie. Sie hat den Kopf nach hinten und gleichzeitig ihm zugeneigt: Bereits völlig entrückt ist sie. Mathilde ...«

Und wieder einmal ließ sie Rodin auf ihr Leben einwirken. Sie blickte in das über sie gebeugte Gesicht von Matthieu, für den sie alles und zugleich schon nichts mehr bedeutete. Sie ließ es zu, daß er sie mit jungen Geliebten verglich, daß er auf ihre oder auch auf seine eigenen Kosten die Gegenwart mit der Vergangenheit mischte. Und sie tat dies mit all der Traurigkeit und zärtlichen Gleichgültigkeit, die man nur für jemanden aufbringen kann, der bald sterben wird und den man nicht mehr liebt. Matthieu hingegen fragte sich, ohne selbst viel dabei zu empfinden, ob sich die Lust von Mathilde eigentlich schon immer so lautstark und überschwenglich geäußert hatte. Ohne Leidenschaft, aber auch ohne Belustigung und nicht ohne Zärtlichkeit.

# Kapitel 9

Ganz gegen seine sonstigen Gewohnheiten, als ewig verspäteter oder treuloser Ehemann, klingelte er an seiner eigenen Wohnungstür. Er wollte Hélène damit in Erstaunen versetzen, sie gewissermaßen aufhorchen lassen und sich damit die eigene Aufgabe, nämlich seine Frau über ihr künftiges Witwentum zu unterrichten, ein wenig vereinfachen. Merkwürdigerweise empfand er Skrupel und Gewissensbisse, weil er nun dieser Frau, die ihn nicht mehr liebte und ihm das auch zu verstehen gegeben hatte, eine solche Nachricht bringen mußte. Sein Klingeln war jedoch nicht weniger wunderlich und unverständlich als die Idee mit den Chrysanthemen für Sonia, überlegte er.

Andererseits würde er praktisch nichts anderes tun, als ihr die Schlüssel zu ihrer Wohnung zurückzugeben. Nichts in dieser Wohnung – es sei denn laut Rechnung – gehörte ihm, auch nicht das unnütze Rauch- und Arbeitszimmer, das sie, von ihrem eigenen Zimmer durch zwei Bäder hübsch getrennt, von einem ihrer Päderastenfreunde als seinen ganz persönlichen Raum hatte einrichten lassen. Er hatte sich hier nie zu Hause gefühlt, jedenfalls nicht mehr als in jedem x-beliebigen Hotelzimmer; was aber insofern ziemlich bedeutungslos war, da er sich sowieso immer nur bei anderen zu Hause gefühlt hatte: bei recht wenigen Menschen, die ihn sehr gern oder lieber hatten oder eben ganz andere Gefühle für ihn hegten. Bei seinen Eltern war das so gewesen, bei seiner Großmutter und in seiner Studentenbude in der Rue Colbert während des Architekturstudiums (sein erstes Zimmer, das er selbst gesucht und bezahlt hatte). Ja, und natürlich auch bei Mathilde, die ihm für geraume Zeit das Gefühl vermittelt hatte, auf einem Vulkan zu leben, einem Vulkan, dessen Grollen ihn allerdings nichts anging. Irrtum … Ein echter Irrtum war das gewesen.

Hier jedenfalls fühlte er sich keineswegs zu Hause, was er Hélène jedoch nie sagen würde. Er würde überhaupt Hélène heute abend nichts sagen. Vielleicht morgen. Morgen früh oder morgen abend. Heute war er noch zu benommen und wie betäubt von Emotionen, Antworten und vor allem Reaktionen, wobei seine eigenen nicht unbedingt zu den verständlichsten gehörten. Doch der Zufall zwang ihn schließlich zum Reden. Der Zufall und die Erschöpfung. Hélène hatte die Tür geöffnet – sie trug bereits ein Abenddekolleté – und ihm jenes verschlossene Gesicht gezeigt, das ihm zu verstehen gab, daß sie auswärts essen gehen wollten und er mal wieder Verspätung hatte. Instinktiv warf er einen Blick auf die Uhr: Es war längst neun Uhr vorbei, es war Viertel vor zehn.

»Du kommst spät«, bestätigte Hélène. Ihre Stimme klang müde, abfällig, enttäuscht und vorwurfsvoll, alles auf einmal. Damit weckte sie in der Regel erfolgreich sein schlechtes Gewissen.

O nein! Nicht heute! dachte Matthieu, plötzlich frei von jedem Schuldgefühl. Dann sollte sie es von ihm aus ein bißchen früher erfahren, daß sie Witwe war oder zumindest auf dem besten Wege, eine zu werden. Selber schuld.

Das ärgerliche bei Hélène war, daß sie ihre jeweiligen Launen nicht zugab. Ihr Innenleben bedurfte einer Intrige. Sie brauchte ein oder zwei Akte und die Moral von der Geschicht', um den Protagonisten jeweils recht oder unrecht, das hieß, ihr recht und Matthieu unrecht zu geben. Sie mußte die Konflikte lösen, um sie ad acta legen zu können.

»So spät auch wieder nicht«, sagte er. »So sehr habe ich mich nun auch nicht verspätet.«

»Hast du etwa eine andere Einladung zum Abendessen? Die bei den Jacys hast du nämlich schon vor drei Wochen angenommen, falls ich dich daran erinnern darf! Außerdem habe ich sie vorgestern zufällig getroffen, und sie hat mir gesagt: ›Also, dann bis zum Zwölften!‹«

»Und heute ist der Zwölfte?« erkundigte sich Matthieu, plötzlich interessiert. »Was für ein Tag? … Donnerstag?«

»Wir haben Dienstag, den Zwölften«, korrigierte sie ihn, nachdem sie einen Augenblick lang verunsichert gewirkt hatte. »Warum? Hast du eine andere Verabredung?«

»Nein, aber dann wäre morgen Freitag, der dreizehnte gewesen, und das hätte ich witzig gefunden«, antwortete er und setzte sich auf das Bänkchen im Vorraum – dort hatte ihre gegenseitige Feindseligkeit sie festgehalten. Bei der Aussicht auf ein schon in gesunden Zeiten schwer zu verdauendes Abendessen bei den Jacys fiel sein anfängliches Mitleid in sich zusammen.

»Hör mal, ich muß mit dir reden. Vergiß die Einladung.«

»Und was du mir zu sagen hast, ist wichtig genug, um so eine grobe Ungehörigkeit von ›uns‹ zu rechtfertigen? Bist du dir sicher?«

Sie war ebenfalls blaß geworden. Sie dachte an eine ganz bestimmte Bedrohung. Nicht an die richtige, natürlich, sondern an eine andere. Vielleicht an Scheidung? Wollte sie ihn tatsächlich halten, trotz der Absurdität ihres gemeinsamen Lebens? Hing sie etwa noch an ihm? Eine ganze Reihe selbstgefälliger Fragen zog mit Hofknicks an dem Thron vorüber, auf dem Matthieus Eitelkeit saß. Doch es fehlte ihnen so sehr an Charme und Herzlichkeit, daß sie gleich in Ungnade fielen.

»Nein«, sagte er. »Oder ja, doch. Ich bin sicher, daß diese Einladung völlig unwichtig ist. Ich war heute morgen bei … na, wie heißt er doch gleich wieder? … bei diesem Hamster eben, der die Nachfolge von Doktor Jouffroy angetreten hat.«

Mit echter Beunruhigung sah sie ihn an. Sie hatte Jouffroy noch nie gesehen, geschweige denn von ihm gehört. Matthieus Gesundheit war für sie kein Thema. Niemand hätte je gesagt oder auch nur gedacht: »Matthieu sieht aber schlecht aus!«

Nun, die Ärmsten durften künftig zurückstekken! Oder frohlocken, je nachdem.

»Das ist mein Arzt«, erklärte Matthieu. »Er hat bei mir einige Untersuchungen gemacht, Szintigramme …, kurz und gut, es scheint, als ob ich was Scheußliches an der Lunge hätte und etwas früher als eigentlich vorgesehen das Zeitliche segnen müßte.«

Er schaffte es nicht, ihr zu sagen: »Sechs Monate. Mir bleiben noch sechs Monate«, obwohl er es doch allen anderen auch schon verkündet hatte. Doch er fürchtete sich davor, wie sie reagieren würde, mehr als er dies bei den anderen beiden Menschen getan hatte, die ihn liebten oder so taten als ob oder es sich zumindest einredeten. Als wäre sie, die schöne Hélène, die sadistische, arrogante, fromme Hélène zerbrechlicher als die anderen. Trotzdem bedauerte er sie am meisten. Es war, als beraubten sie ihre Gleichgültigkeit und ihr Hochmut jener Schutzvorrichtung, die es den zartbesaiteten Gemütern erlaubt, ihre an sich unterdrückte Angst vor dem Tod eines geliebten Menschen in Tränen, Verzweiflung und Geschrei umzusetzen. Hélène hatte niemals etwas anderes erlebt als angemessenen Kummer, das heißt solchen, den ihr – wenn Kummer je angemessen sein kann – entsprechende Menschen verursachten: ein Onkel, der poetischer veranlagt war als die anderen Onkel, aber gerade dadurch in den Ruin und in eine rasch fortschreitende Herzschwäche getrieben wurde, eine hochbegabte, aber ziemlich häßliche Kommilitonin von der Sorbonne, die mit der Mittelmäßigkeit ihrer Existenz nicht mehr fertig wurde, und schließlich ein, unter anderem auch am Steuer, allzu forscher Verehrer.

Dies waren alles Gelegenheiten gewesen, bei denen sie sich ohne Scheu vor sich selbst und den anderen ihrem Kummer hingeben konnte. Doch ihm, Matthieu, dem treulosen Ehemann und krankhaften Lügner, dem so vertrauten Fremden gegenüber, den sie, verblendet von seiner Jugend und seinem Charme, zu lieben gemeint hatte, wie sollte sie sich da verhalten? Freilich, nach außen würde sie eine fabelhafte, vorbildliche, gefaßte und zurückhaltende Witwe ohne viel Tamtam und ohne den geringsten Verstoß gegen den guten Geschmack abgeben. War sie jedoch erst einmal mit sich allein und den Tiefschlägen ihres Gedächtnisses ausgesetzt, den Erinnerungen an Leidenschaft und Fröhlichkeit oder wenn sie sich zum falschen Zeitpunkt einer Melodie entsann und den vielen glücklichen Augenblicken, die ihrer beider Geschichte trotz allem beinhaltete und die sie aus ihrer Erinnerung sicher zu streichen versuchte – was würde sie dann wohl tun? Welche ihrer lieben Freundinnen unter den Snobs oder den Sklavinnen würde sie um vier Uhr morgens anrufen können, um sich bei ihr auszuweinen? Dann, ja dann würde sie »wissen, was Schmerz ist«, wie der Franzose so schön zu sagen pflegt.

Sie kam auf ihn zu.

»Ich bin da, weißt du. Ich bin da«, sagte sie.

Sie näherte sich ihm und berührte mit der Hand sein Jackett. Der ergebene und mitfühlend schmerzliche Blick, mit dem sie ihn ansah, ließ ihn erschauern. Matthieu setzte sich hastig auf das Sofa. Eines stand fest: Auch ihr fiel es nicht schwer, ihn sich tot vorzustellen. Alle Frauen glaubten an den Tod. Ohne darüber nachzudenken. Während die Männer sich dagegen sträubten. Allerdings widersetzten sie sich auch gegen das Leben: Ein Mann reagierte sprachlos und blöde auf eine Frau, die er geschwängert hatte, während diese darin nur eine glückliche Ergänzung oder eine vorübergehende Unannehmlichkeit sah.

Hélène hatte sich neben ihm auf dem Sofa niedergelassen. Langsam fuhr sie ihm mit der Hand durchs Haar, und er erkannte ihr Parfum, spürte ihre Hand, und plötzlich begann er sich aufzuregen. Jetzt reicht's! dachte er abrupt und für seine Verhältnisse ungewöhnlich grob. Jetzt reicht's mir aber! Da Mathilde, dort Sonia und hier nun Hélène, die werden mir meine Gesundheit noch endgültig ruinieren! Und ein leises Lachen überkam ihn, so daß er die Augen von seiner Frau abwenden mußte.

»Ich werde dir beistehen«, sagte sie, »mit all meinen Kräften. Vor allen Dingen werde ich erst mal nicht verreisen.«

»Du fährst nicht weg?«

»Nein. Zu wissen, daß du krank bist, hier oder sonstwo ... nein, schon moralisch gesehen könnte ich nicht fahren ... Ich werde Philippe die Dinge erklären, er wird es schon verstehen. Und wenn nicht, dann eben nicht.«

»Ach ja!« sagte er. »Stimmt ja: Du wolltest eine Kreuzfahrt oder irgendeine andere Reise mit Philippe machen.«

Philippe Guérand, seines Zeichens Botschaftsattaché und ein sehr, sehr anständiger Mann. So anständig, daß Matthieu regelmäßig seine Existenz, die Existenz eines weiteren armen Teufels im Leben seiner Frau, vergaß. Sollten sie nur fahren, aber sicher, natürlich! Es kam gar nicht in Frage, daß sie sich diese Reise entgehen ließ! Das brachte ihnen doch die dringend nötigen Flitterwochen auf Probe.

»Ich bestehe darauf, daß du fährst«, sagte er. »Ich werde noch mindestens vier Monate fit sein und niemanden brauchen.«

»Armer Matthieu. Auch wenn du dich jetzt dagegen sträubst. Du willst es nicht glauben und verschließt die Augen. Aber du wirst sehr wohl jemanden brauchen. Welchen Sinn und Zweck, meinst du eigentlich, hat die Ehe?«

Er musterte sie und las in ihren Augen so etwas wie Erregung und Tatendrang, und es drehte ihm schier den Magen um.

»Du meinst, du hast mich geheiratet, um mit mir in guten wie in schlechten Tagen zusammenzusein?« sagte er.

Wie auch immer sie darüber dachte, irgend etwas in ihr frohlockte. Dieses Etwas, das, ohne daß es ihm bewußt gewesen wäre, nun schon seit acht Jahren wartete. Er stellte sich vor, wie er, neben sich eine qualifizierte Krankenschwester, in dieser trostlosen Wohnung im Sterben lag und sich die mitfühlenden Kommentare einiger Weiber anhören mußte. Alles natürlich Freundinnen seiner Frau, da sein eigener Freundeskreis unerbittlich verstoßen worden war. Und dann die Einsamkeit, die

Trübsal; zutiefst erniedrigt würde er demütig auf den Tod warten.

Ach, Mathilde, Mathilde! Wirklich, wie konnte er auch nur eine Sekunde lang zögern, in Mathildes Leben einzufallen? Sonia gehörte nicht mehr in seine Träume. Sonia kannte Hélène und sprach gelegentlich von ihr wie von einem alten Drachen, vor allem aber betrachtete sie Hélène als eine große Dame. Ob er wohl Hélène entrinnen konnte? Die Antwort kam unverzüglich: Mathilde hatte sie ihm gegeben. »Ich werde mich um dich kümmern.«

Selbst Hélène vermochte nichts gegen Mathilde und deren ruhige Kraft auszurichten. Vielleicht würde er in dieser kleinen Dreizimmerwohnung in der Rue de Tournon sterben, aber dann würde er liebevoll umsorgt sterben. Er wollte Mathilde Geld geben, damit sie diese Arbeit aufgeben konnte, die sie so beanspruchte und ihr auf die Nerven ging. Er hätte ihr das eigentlich gleich sagen sollen. Daß Mathilde mit fünfunddreißig die Unbekümmertheit selbst gewesen war, bedeutete schließlich nicht, daß sie mit fünfundvierzig immer noch so unbeschwert war, noch dazu mit einem verträumten Engländer an ihrer Seite und einem nicht unbedingt leichten Beruf.

Natürlich fehlte es ihr an finanziellen Mitteln, und die Tatsache, daß chemische Reinigungen nicht umsonst arbeiteten, erklärte vermutlich auch den kleinen Fleck am Kragen ihres Morgenmantels. Denn früher wäre dergleichen bei Mathilde nie vorgekommen: Weil er dafür bezahlte, damit so etwas nicht vorkam, und es deshalb keine Flekken gab. Gleich morgen wollte er seinen Anteil am Architektenbüro zu Geld machen. Um ihr eine sorglose Zukunft zu sichern, wollte er mit einem Scheck in der Hand bei Mathilde auftauchen. Er wollte ihr etwas anderes als seine Liebe schenken, das ihr aber ebenfalls zugute kam. Von ganz allein würde sie diesen Enthusiasmus im Bett sein lassen, der ihn vorhin etwas peinlich berührt hatte. Sie war sensibel genug dafür. Und außerdem würde er in zwei oder drei Monaten ohnehin nicht mehr mit ihr schlafen: so rasch, so fern, so undenkbar, so unwiderruflich …

»Ich muß mal telefonieren«, sagte er.

Doch Hélène hielt ihn zurück.

»Ich zuerst. Immerhin muß ich die Jacys anrufen, um uns zu entschuldigen. Und nachher mache ich uns eine Suppe und ein paar Spaghetti, wenn du zu müde bist, um noch auszugehen.«

Mit jenem grausigen Tatendrang griff sie das »uns« wieder auf, und er erhob sich.

»Nicht nötig«, meinte er. »Geh nur ruhig zu den Jacys und sag ihnen, daß ich keinen Bock habe. Bitte, warte nicht auf mich, ja? Und was diese Reise mit Philippe angeht, sag sie bloß nicht ab.«

Mit einer letzten Kraftanstrengung – denn er

wollte höflich sein und sein gutes Gedächtnis zur Schau stellen – entsann er sich, wie jener arme Tropf hieß:

»Philippe Guérand«, meinte er, »soll nicht erst zwanzig Jahre auf dich warten müssen.«

»Weil du dich bei irgendwelchen Mädchen ins Bett zu legen gedenkst, ist es das?« zischte Hélène wutentbrannt. »Ganz egal in welcher Verfassung. Selbst wenn du nicht mehr kannst ... Selbst wenn du nicht mehr kannst ...«

Nebenan klingelte das Telefon.

»Das werden sie sein«, sagte sie. »Sie fragen sicher, wo wir bleiben.«

»Bestimmt sackt das Soufflé schon in sich zusammen«, meinte Matthieu liebenswürdig.

Sie musterte ihn eisig und verschwand ins Wohnzimmer. Matthieu zog seinen Mantel wieder an und vergewisserte sich, daß er die Schlüssel eingesteckt hatte.

»Ist für dich«, sagte Hélène, die aus dem Wohnzimmer zurückkam.

Er griff zum Hörer und brauchte eine Weile, bis er die Stimme des Hamsters erkannte. Der Hamster! O nein, der hatte ihm gerade noch gefehlt! Er hatte wohl schon Termine für ihn ausgemacht mit seinen überaus vertrauenerweckenden Medizinerfreundchen! ... Matthieus prächtiges und robustes Karzinom hatte womöglich, allgemein beachtet und bestaunt, längst in sämtlichen Krankenhäusern die Runde gemacht … Schon riß man sich um ihn! Und bei Tisch baten die Kinderchen der Götter in Weiß den lieben Gott bestimmt darum, daß er dieses Karzinom doch bitte ihrem Papa überlassen soll …

Der Hamster allerdings hörte sich beileibe nicht so forsch wie heute morgen an. Er brummte sogar ein paar Entschuldigungen in seinen Bart: »Wissen Sie, die Unordnung unseres Freundes Jouffroy … Na, und erst die Unzulänglichkeit mancher französischer Labors …« Er hoffe jedenfalls, daß Matthieu keinen allzu schlimmen Tag verlebt habe, und alles für nichts und wieder nichts …!

Für …? *FÜR NICHTS UND WIEDER NICHTS!?* … Maßlose Wut kochte in Matthieu hoch, bevor ihn dann eine ganze Weile später süßeste Erleichterung durchströmte.

»Das ist doch wohl nicht zu fassen! … Sagen Sie, Doktor Hamster … wollen Sie sich nicht mal endlich zum Teufel scheren? Ich verbringe hier wahre Schreckensstunden, weil der Herr Doktor Hamster nicht imstande ist, ein Foto richtig zu deuten, und … Was? … Ihr Name interessiert mich überhaupt nicht! Ich will ihn vergessen, und mich können Sie auch schleunigst vergessen! So, das wär's!«

Zitternd vor Wut, hängte er triumphierend ein.

Er mußte ganz schön gebrüllt haben, denn Hélène hüstelte nebenan, wie sie immer hüstelte, wenn sie erschrocken war …

Er würde den Weg durch die Küche nehmen und sich ein Zimmer in diesem netten, kleinen alten Hotel in der Rue de Fleurus suchen, wo er schon seit Monaten nicht mehr gewesen war. Da wollte er sich quer übers Bett werfen und schlafen; ohne Frau, ohne Hamster und ohne Karzinom …

Irgend etwas, das sich wie Glück anfühlte, stieg in ihm hoch. Etwas Triumphierendes und zugleich Bescheidenes. Er erhob sich von seinem Stuhl und taumelte leicht. Das war nun wirklich das erste Mal, dachte er, als er geräuschlos die Küche durchquerte, das erste Mal, daß die Einsamkeit ihn geradezu berauschte …

*Bitte beachten Sie auch die folgenden Seiten*

Françoise Sagan

# *Die Lust zu leben*

Sarah Bernhardt

224 Seiten, 8 Seiten Abb., gebunden

»Eine prominente Dame der Literatur trifft eine prominente Dame des Theaters. Die französische Autorin strickt keine herkömmliche Biographie der legendären Sarah Bernhardt; sie kleidet die Lebensgeschichte der berühmtesten Schauspielerin ihrer Zeit in die Form eines fiktiven Briefwechsels, eines imaginären Zwiegesprächs. Françoise Sagan beweist erneut ihre Gabe, mit Niveau plaudernd zu unterhalten.«

*Kölnische Rundschau*

Ullstein

Françoise Sagan

*Augen wie Seide*

Erzählungen

192 Seiten, Ullstein Taschenbuch 40133

Fast alle in diesen Erzählungen geschilderten Personen stammen aus der Welt des Überflusses und der Lebenskunst, sind ihres offensichtlichen Glückes wegen zu beneiden. Françoise Sagan aber schabt ein wenig an der Oberfläche, reißt die Kruste auf – und hervor kommen zerbrechliche, unruhevolle Menschen, beladen mit Sorgen und Problemen.

Meisterhaft erzählte Geschichten voller Charme und Anmut.